InterWorld

InterWorld

Neil Gaiman y Michael Reaves

Traducción de Julia Osuna Aguilar

Rocaeditorial

Título original: *InterWorld*
© 2011 by Neil Gaiman and Michael Reaves

Primera edición: mayo de 2012

© de la traducción: Julia Osuna Aguilar
© de esta edición: Roca Editorial de Libros, S.L.
Av. Marquès de l'Argentera, 17, pral.
08003 Barcelona
info@rocaeditorial.com
www.rocaeditorial.com

Impreso por Egedsa
Roís de Corella 12-16, nave 1
Sabadell (Barcelona)

ISBN: 978-84-9918-436-4
Depósito legal: B. 8.539-2012
Código IBIC: YFH, YFC

A Neil le gustaría dedicar este libro a su hijo Mike, quien, entusiasmado por el manuscrito, no paró de animarnos y preguntarnos cuándo iba a poder leerlo en un libro de verdad.

A Michael le gustaría dedicárselo a Steve Saffel.

Nota de los autores

*L*a presente es una obra de ficción. Sin embargo, dado el número infinito de mundos posibles, bien podría ser real en alguno de ellos. Y si una historia ambientada en un número infinito de universos posibles es cierta en uno de ellos, entonces debe serlo en todos. De modo que, a lo mejor, a fin de cuentas, no tiene nada de ficticia como creímos en un principio.

PRIMERA PARTE

)

Capítulo 1

*U*na vez me perdí en mi propia casa.

Supongo que suena peor de lo que fue. Acabábamos de ampliar la casa (con un pasillo y un dormitorio para el renacuajo, mi hermano pequeño, también conocido como Kevin)…, aunque, bueno, en realidad ya no había carpinteros y hacía un mes que las aguas habían vuelto a su cauce. Mi madre nos había avisado de que la cena estaba lista y yo salí corriendo escaleras abajo. Cuando llegué a la segunda planta, sin embargo, me fui hacia el lado contrario y me encontré en un cuarto empapelado con nubes y conejitos. Al darme cuenta de que había girado a la derecha en vez de a la izquierda, me apresuré a cometer de nuevo el mismo error y darme de bruces con el vestidor.

Para cuando llegué abajo Jenny y papá ya estaban allí y mamá me dedicó La Mirada. Decidí que iba a ser peor dar explicaciones, de modo que cerré el pico y me concentré en mis macarrones gratinados.

En cualquier caso, supongo que habréis captado el problema: no tengo muy desarrollado lo que la tía Maude solía llamar «brújula interior»; es más, creo que nunca la he tenido imantada. ¿Que si distingo el norte del sur y el este del oeste? Ni en sueños, ya bastante tengo con diferenciar la derecha de la izquierda. Resulta muy irónico teniendo en cuenta el devenir de los acontecimientos…

Pero me estoy adelantando. Vale, voy a escribir este relato tal y como nos enseñó el señor Dimas, quien nos dijo que no importaba con qué se empezase siempre y cuando se empezase…, de modo que comenzaré con él.

Estábamos a finales de octubre, ya en mi segundo año de instituto, y todo discurría con normalidad a excepción de educación cívica, lo cual, por lo demás, tampoco era de extrañar. El señor Dimas, el profesor de la asignatura, era conocido por poner en práctica métodos de enseñanza poco convencionales. En los exámenes del primer semestre nos había vendado los ojos para que pinchásemos una chincheta en un mapamundi y luego escribiésemos una redacción sobre el sitio donde se había clavado. A mí me tocó Decatur, una ciudad de Illinois. Hubo quienes se quejaron porque les cayeron sitios como Ulan Bator o Zimbabue, pero no eran conscientes de su suerte: ¡a ver quién es el listo que escribe diez mil palabras sobre Decatur, Illinois!

El señor Dimas siempre andaba tramando cosas por el estilo. El año anterior había sido portada del periódico local y había estado a punto de ser despedido por convertir en feudos litigantes dos clases que debían intentar negociar la paz durante todo un semestre. Al final las conversaciones de paz fracasaron y ambos bandos acabaron declarándose la guerra en el patio de recreo. La cosa se desmadró un poco y corrió sangre de algunas narices. Los noticiarios locales recogieron las declaraciones del señor Dimas: «A veces la guerra es necesaria para enseñar la importancia de la paz, y en ocasiones hay que aprender el verdadero valor de la diplomacia para evitar la guerra. Yo prefiero que mis alumnos aprendan estas lecciones en el patio de recreo que en el campo de batalla».

En el instituto corrió el rumor de que iban a despedirlo. Hasta el alcalde Haenkle pilló un buen cabreo (la nariz de su hijo fue una de las que sangró). Mamá, mi hermana pequeña Jenny y yo nos quedamos los tres despiertos hasta tarde, bebiendo leche con cacao a la espera de que papá volviese de la reunión del ayuntamiento. El renacuajo no había tardado en dormirse en el regazo de mamá, que todavía le daba el pecho por aquel entonces. Era medianoche pasada cuando papá entró por la puerta de atrás, lanzó el sombrero sobre la mesa y anunció:

—La votación ha sido de siete votos a favor y seis en contra: Dimas conservará su puesto. Tengo la garganta destrozada.

Mamá le preparó un té y Jenny le preguntó por qué había defendido al señor Dimas.

—Mi maestro dice que siempre está dando problemas.

—Y es verdad —corroboró papá—. Gracias, cariño. —Le dio un sorbo al té y prosiguió—: Pero también es uno de los pocos profesores que se preocupan por lo que hacen, y además es un hombre con la cabeza bastante bien amueblada. —Señaló entonces con la pipa a mi hermana y le dijo—: Duendecilla, a la cama, que ya ha pasado la hora de las brujas.

Así era mi padre: aunque solo ocupaba un puesto de concejal, tenía más influencia sobre la gente que el propio alcalde. En otros tiempos agente de bolsa en Wall Street, todavía les gestiona las acciones a algunos de los ciudadanos más prominentes de Greenville, entre ellos varios miembros de la junta escolar. Como el cargo de concejal solo le lleva unos cuantos días al mes, durante gran parte del año conduce un taxi. Una vez le pregunté para qué lo hacía si con sus inversiones llegábamos de sobra a fin de mes (y eso sin contar el negocio de mi madre: la venta a domicilio de joyas); me respondió que le gustaba conocer a gente nueva.

Quien crea que el señor Dimas se achantó por haber estado a punto de ser despedido se equivoca; nada más lejos. Lo que se le ocurrió para el examen final de educación cívica fue radical incluso para él. Dividió la clase en diez equipos de tres, volvió a vendarnos los ojos (tenía un máster en el tema) e hizo que un autobús escolar nos fuera dejando en distintos sitios de la ciudad. En teoría desde allí teníamos que llegar a ciertos puntos de control en un tiempo determinado sin valernos de ningún plano. Cuando otro profesor le preguntó qué tenía eso que ver con la educación cívica, el señor Dimas le respondió que absolutamente todo tenía que ver con su asignatura. Antes de empezar nos confiscó móviles, tarjetas de teléfono y de crédito y dinero en metálico para que no llamásemos a nadie ni cogiésemos un autobús o un taxi. Estábamos solos ante el peligro.

Y ahí fue donde empezó todo.

Tampoco era que fuésemos a enfrentarnos a grandes peligros, al fin y al cabo el centro de Greenville no es el centro de Los Ángeles ni de Nueva York, ni tan siquiera de Decatur (Illinois). Lo peor que podía sucedernos era que una anciana arremetiese contra nosotros con su bolso si hacíamos la tontería de intentar ayudarla a cruzar la avenida 42. Fuera como fuese, me habían puesto en el grupo con Rowena Danvers y Ted Russell y la cosa prometía ser interesante.

Cuando el autobús del instituto se detuvo en medio de una nube de humo de diésel, nos apeamos y nos quitamos las vendas. Estábamos en el centro: hasta ahí podíamos deducirlo solos. Era primera hora de la tarde de un día fresco de octubre y no había mucho trasiego, ni de personas ni de vehículos. Lo primero que hice fue buscar el letrero de la calle, que nos indicó que nos encontrábamos en la esquina del bulevar Sheckley con Simak.

Y supe dónde estábamos.

Fue tal mi sorpresa que por un momento no conseguí articular palabra. Yo era el típico que de pequeño se perdía yendo al buzón de la esquina, pero en ese momento vi claramente dónde nos encontrábamos: justo enfrente de la calle del dentista al que habíamos ido Jenny y yo dos días antes para hacernos una limpieza de boca.

Antes de acertar a decir algo, Ted se sacó la tarjeta que nos había dado a cada uno el señor Dimas, en la que ponía la ubicación donde debían recogernos.

—Tenemos que llegar a la esquina de Maple con Whale. Eh, lo mismo podemos llamar a tu padre para que venga a recogernos, Harker.

Lo único que necesitáis saber sobre Ted Russell es que no sería capaz de deletrear «WC»; y no porque sea tonto —que lo es; no lo es más porque no se entrena—, sino porque le daría pereza. Era repetidor, un año mayor que yo, y yo sabía que de él solo podía esperar bromas de mal gusto que ni un niño de primaria reiría. Pero, por muy capullo que fuese, estaba dispuesto a aguantarlo con tal de estar allí —o en cualquier otra parte— con Rowena Danvers.

Supongo que las habrá más guapas, más listas o mejores en el instituto de Greenville, pero nunca me he molestado en mirarlas. Por lo que a mí respecta, Rowena es la única chica que existe; aunque, tras dos años de esfuerzos, todavía no he logrado convencerla de que soy algo más que un extra de segunda en la película de su vida. No era que me odiase ni que le cayese mal: no llegaba a ser tan importante para nada de eso. Dudo que hayamos intercambiado más de cinco frases en todo el curso, y probablemente cuatro de ellas han sido del tipo «Perdona, se te ha caído» o «Lo siento, ¿estabas sentada aquí?». Vamos, muy lejos de las frases con las que se construyen los grandes romances, aunque las conservo todas y cada una como oro en paño.

Sin embargo, quizá tenía ahora ante mí la oportunidad de cambiar eso, de convertirme en algo más que un bip anónimo en la pantalla de su radar. Yo casi había cumplido ya los quince años, y ella era mi Primer Amor, lo juro, y estoy hablando muy en serio. O eso creía por entonces. No se trataba de un cuelgue cualquiera: no solo estaba enamorado de Rowena Danvers, lo estaba completa, profunda y apasionadamente. Hasta se lo conté a mis padres, y eso es echarle valor. Les dije que, si ella se fijaba en mí algún día, el nuestro sería el romance más sonado del siglo. Como se dieron cuenta de que hablaba en serio, no se burlaron de mí; es más, lo comprendieron y me desearon suerte. Yo sería Tristán y ella Isolda (quienquiera que fuesen; eso lo dijo mi padre); yo Sid y ella Nancy (quienquiera que fuesen; lo dijo mi madre). Quería impresionarla, y poco me importaba si demostrarle que sabía cruzar una calle en la buena dirección no era una gesta digna de una obra de Shakespeare. Me contentaba con cualquier cosa.

—Yo sé dónde estamos —anuncié por fin.

Ted y Rowena me miraron con desconfianza.

—Sí, ya, claro. Antes prefiero ponerme otra vez la venda. Vamos, Rowena —le dijo Ted cogiéndola por el brazo—, todo el mundo sabe que Harker no podría encontrarse ni el culo con ambas manos atadas a la espalda.

Rowena se zafó de Ted y se quedó mirándome. Comprendí que no tenía ganas de andar con Ted Russell ni cinco o seis manzanas, pero que tampoco quería pasarse el resto del día vagando sin rumbo por el centro.

—¿Estás seguro-seguro de que sabes dónde estamos, Joey? —me preguntó.

¡Mi amada pidiéndome ayuda! ¡Me sentí capaz de encontrar el camino de vuelta a casa desde la cara oculta de la luna!

—Segurísimo —le respondí con la confianza del pobre pavo que cree que va a pasar un estupendo día de Acción de Gracias—. Seguidme, ¡vamos! —Y eché a andar calle abajo.

Rowena dudó por un instante pero dejó atrás a Ted y empezó a seguirme. El chico la miró estupefacto por un momento y luego agitó el brazo como diciendo «¿De qué vas?».

—Vais apañados. Le diré a Dimas que mande un equipo de rescate —gritó, y a continuación se echó a reír y a hacer aspavientos. (Debe de ser divertidísimo ser tu propio público.)

Cuando Rowena me alcanzó seguimos caminando un rato en silencio. Después de atravesar el parque Arkwright nos dirigimos al norte —creo—, hacia la calle Corinth.

Seis manzanas después me di cuenta de algo importante: está bien tener claro dónde te encuentras pero es mejor aún saber a dónde vas. Y yo, por supuesto, no tenía ni idea: en cuestión de minutos me vi más perdido que nunca en mi vida; y lo que era peor, Rowena se dio cuenta, se lo noté en los ojos.

Empezó a entrarme el pánico porque no quería defraudar a Rowena pero tampoco quería quedar mal.

—Espera aquí un minuto —acerté a decirle, y salí corriendo antes de que pudiera responder.

Deseaba con todas mis fuerzas reconocer alguna calle u otra referencia. Doblé la esquina y, al ver un edificio que me resultó familiar al final de la siguiente manzana, seguí por esa misma vía —el bulevar Arkwright, pegado al parque— para asegurarme.

En Greenville el tiempo es, como poco, raro. La razón es la proximidad al Grand, un río que tiene a bien regalarnos la industria cervecera y el turismo que viene a hacer senderismo y a ver las cataratas, pero también la bruma que se extiende por la ciudad en cuanto se levanta un poco de fresco.

Y sobrevino justo en la esquina de Arkwright con Corinth. Encaré la neblina de frente y sentí las gotas frías en la cara; por lo general suele volverse más ligera una vez que estás dentro, pero no fue el caso: me pareció andar a través de un humo denso, cegador y gris.

Continué atravesándola sin darle mayor importancia, porque, a fin de cuentas, tenía cosas más relevantes en la cabeza. Desde el interior distinguí resplandores de muchos colores. Es curioso cómo se ve una ciudad cuando lo único que se vislumbran son luces.

Al doblar por la siguiente esquina y entrar en la calle Fallbrook, salí de la niebla… y me detuve. Estaba en una parte de la ciudad que no me sonaba de nada, donde había un McDonald's que no había visto en mi vida, con un gran arco de cuadros escoceses por encima. «Será alguna promoción sobre Escocia o algo parecido —me dije—. Qué raro.» Pero por mucho que me fijé, no lo llegué a procesar: estaba demasiado ocupado pensando en Rowena y preguntándome si habría alguna manera de explicarle lo sucedido sin quedar como un completo idiota. Sin embargo, no la había, y no me quedaba más remedio que volver con ella y confesarle que estábamos perdidos. Tenía tantas ganas de decírselo como de ir a la revisión anual del dentista.

Al menos la niebla se había disipado cuando volví a la calle perpendicular jadeando y sin aliento. Rowena seguía donde la había dejado, mirando el escaparate de una tienda de animales, de espaldas a mí. Crucé la calle corriendo, le di un toquecito en el hombro y le dije:

—Perdona. Supongo que tendríamos que haberle hecho caso a Ted, y sé que era lo último que esperabas oír.

Se dio la vuelta.

Me acuerdo de que una vez, siendo yo bastante pequeño —me refiero a un crío, cuando vivía en Nueva York, antes de mudarnos a Greenville y antes incluso de que Jenny existiera—, iba siguiendo a mi madre por los almacenes Macy's. Habíamos ido a hacer las compras de Navidad, y yo juraría no haber apartado los ojos de ella, que llevaba un abrigo azul. La seguí por toda la tienda hasta que me asusté por la barahúnda y la cogí de la mano. Y cuando miró hacia abajo…

No se parecía en nada a mi madre; era una mujer a la que no había visto en mi vida que llevaba un abrigo azul muy parecido y el mismo corte de pelo. Me eché a llorar y me llevaron a una oficina, donde me dieron un refresco y me ayudaron a encontrar a mi madre. Aunque todo acabó felizmente, nunca podré olvidar ese momento de desorientación, de esperar ver a una persona y encontrarme con otra.

Así me sentí en ese momento. Porque la que tenía ante mí no era Rowena, pese a que se parecía mucho a ella —casi como una hermana— y llevaba la misma ropa; incluso una gorra negra semejante a la suya.

Pero Rowena siempre andaba presumiendo de su larga melena rubia y no paraba de decir que se la dejaría crecer hasta donde fuese posible y que jamás se la cortaría.

Aquella otra chica, en cambio, tenía el pelo rubio pero corto, muy, muy corto; y ni siquiera se parecía a Rowena, al menos cuando la mirabas de cerca. Mi amada tiene los ojos azules y esa otra los tenía castaños. No era más que una chica cualquiera con un abrigo marrón y una gorra negra que estaba mirando los cachorrillos del escaparate de una tienda de animales. Totalmente desorientado, retrocedí y le dije:

—Perdona, creí que eras otra persona.

Me miró como si acabase de salir de una alcantarilla con una careta de hockey y una motosierra en la mano, pero no dijo nada.

—Lo siento mucho, de verdad —me excusé de nuevo—. Ha sido culpa mía, ¿vale?

Asintió sin decir ni pío y se fue acera abajo hasta que llegó a la perpendicular, sin parar de mirar atrás a cada tanto. Acto seguido echó a correr como si la persiguieran todos los perros del averno.

Quise pedirle perdón por el susto que le había dado pero ya tenía bastante con lo mío: estaba perdido en el centro de Greenville, me había separado del resto de miembros de mi unidad y no tenía ni una sucia moneda. Había suspendido educación cívica.

Solo podía hacer una cosa, así que la hice: me quité el zapato.

Debajo de la plantilla guardaba doblado un billete de cinco dólares. Mi madre me obliga a llevarlo para casos de emergencia. Saqué los cinco pavos, volví a calzarme, conseguí cambio y me subí a un autobús que me dejaba cerca de casa mientras iba rumiando qué decirles al señor Dimas, a Rowena e incluso a Ted, y preguntándome si tendría algún golpe de suerte en las próximas doce horas que me hiciese coger una enfermedad tan contagiosa que me impidiese volver al instituto hasta final de semestre…

Sabía que mis problemas no acabarían al llegar a casa, pero al menos ya no estaría perdido.

Resultó, sin embargo, que no tenía ni idea de lo que significaba esa palabra.

Capítulo 2

*E*l trayecto de vuelta a casa lo pasé medio en trance. A las pocas manzanas de subirme dejé de mirar por la ventanilla para quedarme con la vista fija en el respaldo del asiento de delante porque las calles no parecían estar bien; al principio no podía señalar nada concreto que me perturbase, era solo que todo parecía un tanto… fuera de lugar, como la tela escocesa de los arcos del McDonald's; ojalá hubiese oído algo sobre esa promoción.

Y luego estaban los coches. Papá cuenta que cuando era pequeño sus amigos y él distinguían perfectamente un Ford de un Chevrolet o un Buick. Hoy en día, en cambio, todos tienen el mismo aspecto, independientemente del fabricante. Pero allí era como si alguien hubiese decidido que había que pintar todos los coches de los mismos colores metálicos, en naranja, verde pistacho o amarillo limón. En todo el camino no vi un solo coche negro o plateado; de hecho, pasó un coche patrulla con la sirena y las luces encendidas y era verde y amarillo, no rojo y azul.

Después de eso decidí fijar la vista en el cuero gris y cuarteado que tenía delante. A la mitad de mi calle me obsesioné con la idea de que mi casa no iba a estar en su sitio, que solo habría un solar vacío o —y eso era más inquietante aún— una casa distinta; o bien que, si había gente, no serían ni mis padres ni mis hermanos sino unos desconocidos; que no sería ya mi hogar.

Me bajé en la parada y recorrí a la carrera las tres manzanas que me separaban de casa. Por fuera parecía igual: mismo color, mismos parterres y jardineras, el mismo carillón colgado del techado del porche delantero. Del alivio que sentí, a punto estuve de echarme a llorar. No me importaba que la realidad entera se derrumbase a mi alrededor, mi hogar seguía siendo un refugio.

Empujé la puerta de la calle y entré. Olía igual que mi casa, no como la de unos extraños. Por fin pude relajarme.

Por dentro también tenía el mismo aspecto..., aunque, de pronto, allí en medio del pasillo, empecé a fijarme en algunas cosas, en detalles sutiles, ese tipo de cosas que pueden parecer producto de la imaginación... Se me pasó por la cabeza que tal vez la alfombra tenía un estampado ligeramente distinto, pero ¿quién recuerda bien el dibujo de una alfombra? En la pared del salón, donde antes había una fotografía mía de la guardería, colgaba ahora la de una chica de mi edad. Se parecía un poco a mí..., pero, bueno, al fin y al cabo mis padres habían hablado de hacerle una a Jenny...

Y entonces me sobrevino, y fue igual que aquella vez hacía un año, cuando me tiré por las cataratas y el barril en el que iba chocó contra las rocas, se partió en dos y de repente el mundo se volvió muy brillante y del revés, y acabé malparado...

Sí que había una diferencia, una que no se veía desde fuera: la ampliación de esa misma primavera, donde estaba el dormitorio de mi hermano pequeño Kevin, había desaparecido.

25

Miré escaleras arriba. Normalmente si me ponía de puntillas y doblaba el cuello hasta que me dolía un poco, se veía el pasillo nuevo desde allí. Lo intenté e incluso subí un par de peldaños para tener mejor visión, pero de nada sirvió: la ampliación no estaba por ninguna parte.

«Si se trata de una broma —pensé para mis adentros—, la ha tenido que tramar un millonario con un sentido del humor de lo más delirante.»

Oí un ruido a mis espaldas y, al volverme, vi a mi madre.

Pero no era ella.

Al igual que Rowena, tenía un aspecto distinto. Llevaba unos vaqueros y una camiseta que no le había visto nunca, y el corte de pelo era el mismo pero las gafas no; como ya he dicho, pequeños detalles.

Excepto lo de la prótesis del brazo, que distaba mucho de ser un detalle.

Era de plástico y metal y empezaba justo por debajo de la manga de la camiseta. Se percató de que la estaba mirando y su mirada de sorpresa —pues no me reconocía más de lo que lo había hecho Rowena— pasó a ser de recelo.

—¿Quién eres tú? ¿Qué haces en esta casa?

A esas alturas ya no sabía si reír, llorar o ponerme a chillar.

—Mamá —la apelé desesperado—, ¿no me reconoces? ¡Soy Joey!

—¿Joey? Mira, chico, yo no soy tu madre. Y no conozco a nadie con ese nombre.

Como no sabía qué contestar ante aquello, me limité a mirarla sin más. Antes de poder articular una respuesta escuché otra voz de chica a mis espaldas.

—¿Mamá? ¿Pasa algo?

Me di la vuelta, y creo que en cierto modo, en el subconsciente, esperaba ver lo que vi. Algo en aquella voz me hizo adivinar quién estaría en lo alto de las escaleras: se trataba de la niña de la fotografía, que tampoco era Jenny porque tenía el pelo rojizo, pecas y cara de estar en la luna, como si pasase demasiado tiempo dentro de su propia cabeza. Era de mi misma edad, así que no podía ser mi hermana. Se parecía —y tuve que admitir entonces lo que ya me figuraba— …se parecía a mí si yo hubiese sido chica.

Los dos nos quedamos mirándonos aturdidos. Vagamente, como si la voz llegara de muy lejos, oí a su madre decir:

—Sube arriba, Josephine; aprisa.

«Josephine.»

En ese momento lo comprendí; no sé cómo, pero me sobrevino y supe que era cierto.

Yo ya no existía, de un modo u otro me habían cortado del montaje de mi propia vida; aunque era evidente que algo había fallado porque seguía allí. Sin embargo al parecer yo era el único que me creía con derecho a estar en esa casa. Comoquiera que fuese, la realidad había cambiado y los señores Harker tenían ahora una hija mayor, no un hijo: Josephine, no Joseph.

La señora Harker… (qué raro pensar en ella con ese nombre). En fin, la señora Harker me estaba escrutando con la mirada. Parecía desconfiar pero a la vez se le notaba cierta curiosidad. Normal, claro: habría visto el parecido en mi cara.

—Yo… ¿te conozco?

Arrugó el ceño intentando ubicarme. Al cabo de un minuto averiguaría por qué le resultaba tan familiar, recordaría que la había llamado «mamá» y, al igual que el mío, su mundo se vendría abajo.

No era mi madre, por mucho que yo quisiera que lo fuese, por mucho que lo necesitase; esa mujer tenía tanto de mi madre como la mujer del abrigo azul de los almacenes Macy's.

Eché a correr.

Aún hoy sigo sin saber si huí porque no podía soportarlo más o porque quería ahorrarle el sofocón de saber lo que yo sabía: que la realidad se había astillado como la superficie de un espejo cuando se golpea con un martillo, y que le puede pasar a cualquiera, porque acababa de pasarle a ella… y a mí.

Perdí de vista a la mujer, y la casa, y la calle, y seguí corriendo. Quizá tenía la esperanza de que, si corría lo suficientemente rápido y lejos, podría volver atrás en el tiempo, a antes de que toda aquella locura empezase. No sé si lo habría conseguido porque nunca tuve la oportunidad de averiguarlo.

De repente el aire delante de mí se onduló, tembló igual que cuando las ondas de calor se vuelven plateadas y de repente se rasgó en dos, como si la propia realidad se hubiese desgarrado. Vislumbré un extraño telón de fondo psicodélico en el interior lleno de formas geométricas flotantes y colores palpitantes.

Y entonces de él salió un… no sé qué, un hombre tal vez, no estaba seguro. Llevaba gabardina y sombrero y, al alzar la cabeza para mirarme, le vi el rostro bajo el ala.

Tenía mi misma cara.

Capítulo 3

*E*l desconocido llevaba una especie de máscara que le cubría toda la cara de un material reflectante parecido al mercurio. Resultaba de lo más inquietante mirar ese semblante plateado e inexpresivo y ver reflejado mi propio rostro, que me devolvía a la vez la mirada, torcida y distorsionada.

Pude ver así la cara de tonto que se me había quedado: una constelación líquida de pecas, una mata de pelo rojizo, grandes ojos castaños y la boca torcida en una mezcla caricaturesca de sorpresa y —admitámoslo— miedo.

Lo primero que pensé fue que se trataba de un robot, uno de esos de metal líquido que salen en las películas; y luego creí estar ante un extraterrestre, todo eso antes de empezar a sospechar que se trataba de algún conocido que se había ocultado tras una máscara de última tecnología. Esa última idea arraigó en mí al oírle hablar, pues me sonaba su voz a pesar de no poder reconocerla por estar demasiado distorsionada por la máscara. Pero lo supe.

—¿Joey?

Intenté decir «¿Sí?», pero apenas me salió un ruidillo de la garganta.

—Escúchame —me dijo acercándose aún más—: me imagino que todo esto debe de estar pasando demasiado rápido para ti, pero tienes que confiar en mí.

«¿"Pasando demasiado rápido"? Vaya eufemismo, colega», quise decirle. Mi casa no lo era ya, al igual que mi familia y mi novia (bueno, nunca lo había sido, pero tampoco era el momento de ponerse puntilloso). En definitiva, todo lo estable y permanente de mi vida se había vuelto de gelatina y estaba «a esto» de perder por completo la chaveta.

Pero cuando el personaje de la careta me puso una mano en el hombro la distancia entre estar «a esto» y estarlo se evaporó. Dejó de importarme si era un conocido o no: le pegué un rodillazo con fuerza, tal y como el señor Dimas nos había enseñado —tanto a chicos como a chicas— por si alguna vez nos veíamos en una situación de peligro físico con un varón adulto. («No apuntéis a los testículos —nos dijo ese día el profesor, como el que habla del tiempo—. Apuntad al centro del estómago, como si intentaseis llegar hasta él "a través" de los testículos. Y luego no os quedéis a ver si está bien o no. Salid corriendo.»)

A punto estuve de romperme la rótula, porque resultó que aquel tipo llevaba puesta una armadura o algo parecido bajo la gabardina.

Chillé de dolor y me agarré la rodilla derecha. Lo peor de todo era que sabía que, bajo aquella máscara reflectante, el chalado aquel estaba sonriendo.

—¿Estás bien? —me preguntó con aquella voz familiar. Daba la impresión de estar más divertido que preocupado.

—¿Aparte de no saber qué está pasando, haber perdido a mi familia y romperme la rodilla? —Habría echado a correr pero lo de salir por patas requiere dos piernas en buenas condiciones. Respiré hondo e intenté calmarme.

—Dos de esas cosas son culpa tuya. Yo esperaba alcanzarte antes de que empezases a caminar, pero no me ha dado tiempo. ¿A quién se le ocurre planear de esa manera? De un plano a otro como si nada; has hecho saltar todas las alarmas de la zona.

No tenía ni idea de qué me estaba hablando; la última vez que había planeado fue en vacaciones, cuando fuimos en avión a ver a la tía Agatha. Me froté la rodilla y le pregunté:

—¿Quién eres? Quítate la máscara.

Pero no me hizo caso.

—Llámame Jay —me dijo, limitándose a extender la mano de nuevo, como si quisiera que se la estrechase.

Me pregunto si habría llegado a dársela o no, porque nunca tuve la oportunidad. Un repentino fogonazo de luz verde me cegó y tuve que parpadear, y al momento un sonoro estruendo me dejó también los oídos fuera de circulación.

—¡Corre! —me gritó Jay—. ¡No, por ahí no! Por donde viniste. Yo intentaré darles esquinazo.

Pero no corrí, me quedé allí parado con los ojos fuera de las órbitas.

A unos tres metros por encima de nuestras cabezas había tres discos voladores, plateados y destellantes; y montándolos, cual surfistas cogiendo una ola, hombres con monos grises y una especie de redes muy voluminosas en la mano (parecidas a las de pescar, o a las de los gladiadores, pensé).

—Joseph Harker —me interpeló por mi nombre uno de los gladiadores, con voz plana e inexpresiva—. Resistir es improcedente. Por favor, no se mueva de donde está. —Para recalcar sus palabras zarandeó la red, que rechinó y despidió chispas azules de los puntos en los que la malla se rozó.

Al ver aquellas redes supe dos cosas: que eran para mí, y que me iban a hacer daño si me atrapaban.

Jay tiró de mí y gritó de nuevo:

—¡Corre!

Y esa vez no titubeé: di media vuelta y salí disparado.

Uno de los hombres dio un grito de dolor y, al mirar por un instante hacia atrás, vi que estaba cayéndose al suelo, sin que por ello el disco dejara de girar en el aire por encima de él. Me imaginé que Jay habría sido el responsable.

Los otros dos volaban justo por encima de mí, pisándome los talones; no necesitaba alzar la vista para saberlo, veía sus sombras.

Me sentía como una fiera salvaje —tipo león o tigre— perseguida por hombres con dardos tranquilizantes en un documental de la naturaleza; todo el mundo sabe que lo acorralarán si sigue corriendo en línea recta. Por eso decidí driblar hacia la izquierda, justo en el momento en que una red aterrizó donde estaba antes. Al caer me rozó la mano derecha, que se me quedó dormida; no sentía los dedos.

Y entonces «me trasladé».

No tuve muy claro cómo lo había hecho, ni siquiera qué había hecho. Por un momento experimenté de nuevo una sensación de más niebla, luces titilantes y el sonido del carillón del porche, hasta que vi que me había quedado solo; los hombres del cielo habían desaparecido… al igual que el misterioso Jay de cara reflectante. Era una tranquila tarde de octubre, con hojas húmedas pegadas a la acera, y, como de costumbre, no sucedía nada en la aburrida Greenville.

El corazón me latía con tanta fuerza que temí que me fuera a estallar el pecho, pero seguí mi camino por la calle Maple, mientras intentaba recuperar el aliento y me frotaba la mano dormida con la otra, al tiempo que hacía un esfuerzo por procesar lo que acababa de pasarme.

Mi casa ya no era mi hogar y la gente que la habitaba tampoco era mi familia. Además, había unos malos que volaban sobre tapas de alcantarilla y un tipo con la entrepierna acorazada y la cara reflectante.

¿Qué podía hacer? ¿Ir a la policía? «Claaaro», me dije. Se pasan el día oyendo historias por el estilo, sí, pero ¿qué hacen con la gente que se las cuenta? Mandarla al locódromo.

Solo me quedaba, por tanto, una persona con la que poder hablar. Al doblar la esquina vi el instituto de Greenville ante mí.

Me disponía a hablar con el señor Dimas.

Capítulo 4

*E*l instituto de Greenville se construyó hace casi medio siglo. Desde entonces solo estuvo cerrado unos meses siendo yo pequeño, cuando el ayuntamiento le hizo quitar el amianto. En la parte de atrás hay un par de módulos provisionales que albergan el taller de manualidades y el laboratorio de ciencias, hasta que se consiga la financiación para una ampliación. Está un tanto ruinoso y huele a humedad, pizza y chándal sudado. Y sí, si no doy la impresión de tener en mucha estima a mi instituto, supongo que será porque no se la tengo. Con todo, debía admitir que en esos momentos estar allí suponía un alivio para mí.

Subí las escaleras sin perder de vista el cielo, por si aparecían los gladiadores voladores, pero ni rastro.

Cuando entré nadie me hizo mucho caso. Era quinta hora y no había mucha gente por los pasillos. Me encaminé hacia el aula de Dimas todo lo rápido que pude sin llegar a correr. Aunque nunca había sido mi profesor favorito —las extravagantes pruebas a las que nos sometía no eran plato de mi gusto—, siempre me había dado la impresión de ser alguien que no perdería los nervios en una crisis. Y si aquello no era una crisis, no sé qué puede serlo. Además, en cierto modo había sido culpa suya, ¿no?

No aminoré el paso hasta que llegué al aula y lo vi por la ventanilla de la puerta: estaba en su mesa corrigiendo una montaña de deberes. Cuando llamé a la puerta, dijo sin siquiera mirar:

—¡Pase! —Y siguió corrigiendo.

Abrí la puerta y me aposté ante el escritorio sin que se molestara todavía en apartar la vista de los papeles.

—¿Señor Dimas? —Hice un esfuerzo por que no me temblase la voz—. ¿Tiene un momento?

Levantó la vista, me miró a los ojos y al instante dejó caer el bolígrafo. Me agaché para recogérselo y se lo puse en el escritorio.

—¿Ocurre algo? —le pregunté.

Estaba pálido y —me llevó unos instantes constatarlo— asustado. Boquiabierto, empezó a menear la cabeza, en un gesto que mi padre llama «sacudirse las telarañas», y luego volvió a mirarme. Extendió entonces la mano derecha y me dijo:

—Dame la mano.

—Um, ¿señor Dimas…? —De repente se apoderó de mí el temor de que también él formase parte de toda aquella locura, y la sola idea me dio tanto miedo que apenas me tuve en pie. Necesitaba que alguien hiciese el papel de adulto inmediatamente.

Me fijé en que a mi profesor, que seguía con la mano extendida, le temblaban los dedos.

—Cualquiera diría que ha visto usted un fantasma —comenté.

Me miró con reprobación.

—No tiene gracia, Joey. Si es que eres Joey… Dame la mano.

Se la di y me la apretó con tanta fuerza que me hizo daño, sentí la carne y todos los huesos. Cuando me la soltó volvió a mirarme y me dijo:

—Eres de verdad, no una alucinación. ¿Qué significa todo esto? ¿Eres Joey Harker? Desde luego, parecerte te pareces.

—Pues claro que soy Joey. —Tengo que admitirlo: estaba a punto de echarme a lloriquear como un crío. Aquel desvarío, fuera lo que fuese, no podía estar afectándolo también a él; el señor Dimas era el colmo de la cordura…, bueno, de un tipo de cordura. (Cuando el alcalde Haenkle lo calificó en su columna del periódico *Greenville Courier* de «más excéntrico que pasar el quitanieves en junio», supe a qué se refería.)

Pero tenía que contarle a alguien lo que estaba pasándome y el señor Dimas seguía pareciéndome la mejor opción.

—Mire —empecé a decir con cautela—, hoy ha sido… muy raro todo. He pensado que usted sería la única persona que sabría qué hacer.

Aunque seguía más blanco que un vaso de leche, asintió. Pero en ese momento alguien llamó a la puerta y dijo:

—Pase. —Pareció aliviado.

Era Ted Russell, que no se molestó en mirarme antes de decir:

—Señor Dimas, tengo un problema. Si me suspende usted la educación cívica, no me comprarán el coche. Y algo me dice que tiene pensado catearme.

Por lo visto había cosas que no cambiaban ni en realidades alternativas: era evidente que Ted seguía con problemas para terminar el instituto. El señor Dimas me había parecido desconcertado al ver entrar a Ted, pero ahora estaba molesto:

—¿Y por qué, si puede saberse, iba a ser eso problema mío, Edward?

Ese era el señor Dimas que yo recordaba. Me sentí aliviado y sin pensarlo intervine en la conversación:

—Tiene razón, Ted. Además, mantenerte apartado del volante es bueno para la comunidad. Eres un atropella-abuelas en potencia.

Cuando se volvió hacia mí, tuve la esperanza de que no me pegara en presencia del señor Dimas. A Ted Russell le gusta pegar a los que son más pequeños que él, y eso implica a un buen porcentaje de la población escolar. Levantó la mano... pero entonces vio que era yo.

Se detuvo, con la mano en el aire, y dijo (lo oí claro como el agua):

—Ay de mí, el Señor me está castigando. —Y se echó a llorar, para al cabo salir disparado de la sala como había hecho yo antes. «Esto es lo que se dice correr como alma que lleva el diablo», pensé.

Miré al señor Dimas, que me devolvió la mirada, pasó un pie por detrás de la pata de una silla cercana y la arrastró hacia mí.

—Siéntate y baja la cabeza. Respira lentamente.

Le hice caso y me sentó bastante bien, porque el mundo —o al menos aquella aula— se me había vuelto un tanto borroso. Al cabo de un minuto la cosa se estabilizó y levanté la cabeza para encontrarme al señor Dimas con la vista clavada en mí. Salió entonces de la habitación y volvió unos segundos después con un vaso de papel encerado.

—Bebe.

Cuando me bebí el agua, me sentí algo mejor.

—Y yo que pensaba que estaba teniendo un día raro. Esto pasa ya de castaño oscuro. ¿Puede explicarme algo de lo que está pasando aquí? —pregunté.

Mi profesor asintió y me dijo:

—Sí, por supuesto, algo sí que puedo explicarte; o, al menos, la reacción de Edward, y la mía. Verás, Joey Harker se ahogó hace un año en un accidente en las cataratas del río Grand.

Agarré mi cordura y me aferré a ella con ambas manos.

—Yo no me ahogué. Me llevé un buen susto y me tuvieron que dar cuatro puntos en la pierna. Y mi padre me dijo que eso me enseñaría una lección que nunca olvidaría, y que intentar bajar las cataratas en un barril era la estupidez más gorda que había hecho en mi vida; yo le dije que no lo habría hecho si Ted hubiese dejado de llamarme gallina…

—Te ahogaste —dijo el señor Dimas sin mudar el tono—. Yo ayudé a sacar tu cuerpo del río y dije unas palabras en tu funeral.

—Vaya… —Ambos nos quedamos un momento callados, hasta que el silencio se hizo insoportable y tuve que añadir—: ¿Y qué dijo? —Vamos, ¿vosotros no habríais preguntado lo mismo?

—Cosas buenas —me respondió—. Dije que eras un muchacho de buen corazón y les conté que te pasaste tu primer semestre aquí perdiéndote un día sí y otro también. Que teníamos que mandar equipos de rescate para conseguir que llegases a salvo al gimnasio o a la sala de usos múltiples.

Me puse colorado.

—Estupendo —dije con todo el sarcasmo del que pude hacer acopio—. Justo como siempre he querido que me recuerden.

—Joey, ¿qué estás haciendo aquí? —me preguntó con voz serena.

—Pues teniendo un día muy extraño, ya se lo he dicho.

Me dispuse a explicárselo todo (y apostaría cualquier cosa a que algo se olió), pero, antes de poder decir esta boca es mía, la habitación empezó a oscurecerse, aunque no como si el sol se hubiese ocultado tras un nubarrón, o en plan «Eh, qué oscuro se ha puesto, qué tormenta va a caer», ni oscuro de «Me juego algo a que así es como se ve en un eclipse de sol». Aquella oscuridad se podía tocar; era algo sólido, tangible y frío.

Y había ojos en medio de la penumbra.

La oscuridad se dio forma a sí misma: una silueta de mujer con el pelo largo y negro y los labios gruesos, como los de las actrices de las películas antiguas cuando estaba de moda tenerlos así. Era menuda y más bien delgada, y tenía los ojos tan verdes que parecían lentillas. Semejaban los de una gata, y no me refiero a que tuviesen la misma forma, sino a que me miraban igual que un gato a un pájaro.

—Joseph Harker —me interpeló.

—Sí —respondí. Y probablemente no fue lo más inteligente que pude decir, porque acto seguido me embrujó.

No puedo describirlo mejor. Movió un dedo en el aire, como dibujando una figura —un símbolo que parecía medio chino, medio egipcio— que se quedó flotando y resplandeciendo en el aire cuando el dedo paró, al tiempo que decía algo; las palabras se quedaron también suspendidas, vibrando y nadando por la estancia. Todo en conjunto, las palabras y el gesto, me inundaron la cabeza y supe que tendría que seguirla durante el resto de mi vida, adondequiera que fuese: la seguiría o moriría en el intento.

La puerta se abrió y entraron dos hombres. Uno de ellos llevaba solo un taparrabos, una especie de pañal alrededor de la cintura. Era calvo; de hecho, hasta donde pude ver, no tenía un solo pelo y ya todo eso le hacía parecer salido de una pesadilla, incluso sin tener en cuenta los tatuajes. Porque estos lo empeoraban aún más: le cubrían cada centímetro de piel desde la coronilla hasta las uñas de los pies, en desvaídos tonos azul, verde, rojo y negro, imagen tras imagen. Aunque no estaba a más de metro y medio, no logré distinguir qué representaban.

El otro llevaba unos vaqueros y una camiseta varias tallas más pequeña, algo poco agradable teniendo en cuenta que le dejaba a la vista buena parte de la barriga, y esta…, en fin, ¿cómo decirlo?, refulgía, igual que una medusa. Se le veían los huesos y los nervios a través de la piel gelatinosa. Le miré a la cara y era lo mismo. Su piel parecía un ungüento aceitoso sobre huesos, músculos y tendones, que se veían por debajo, ondeantes y deformes.

La mujer los miró como si estuviese esperándolos y me señaló con un gesto.

—Lo tengo. Ha sido más fácil que sacar ambrosía de un elemental. Tirado. Nos seguirá adonde queramos.

El señor Dimas se levantó e intervino:

—Oiga, perdóneme, señorita. No pueden ustedes…
—Y entonces la mujer hizo otro gesto que lo dejó petrificado, o algo parecido… Vi que le temblaban los músculos, como si se esforzara en moverse con todas las células de su cuerpo, pero sin conseguirlo.

—¿Dónde nos recogen? —les preguntó a sus compinches. Tenía voz de niña pija, cosa que no me agradó mucho, sobre todo porque a partir de ese momento tendría que pasarme la vida siguiéndola.

—Fuera, al lado de un roble muerto —le contestó el hombre medusa como si eructase barro a la vez que hablaba—. Tenemos que esperarlos allí.

—Bien —dijo la mujer, que a continuación me miró. Como si estuviese hablándole a un perro que no le cayese muy bien me ordenó—: Síguenos.

Acto seguido dio media vuelta y salió de la estancia.

A ciegas, como un niño obediente, fui tras aquella mujer, odiándome por ello a cada paso.

Interbitácora

Fragmento del diario de Jay

uve que regresar a Ciudad Base bien entrada la noche. La mayoría de los de mi habitación dormían ya, salvo Jai, que meditaba levitando en el aire con las piernas cruzadas (aunque bien podía estar durmiendo también). Entré de puntillas, me desvestí y me di una ducha de veinte minutos para quitarme el barro y la sangre reseca que tenía en el pelo. Después rellené el parte de daños y pérdidas para explicar qué había pasado con mi chaqueta y mi cinturón (la primera la cambié por información, mientras que el segundo he de confesar que me vino muy bien como torniquete). Luego caí rendido en la cama y dormí hasta que me desperté solo en el cuarto.

Es una tradición: no se levanta a nadie de vuelta de una misión. Nos dan un día para informar y otro entero libre para nosotros. Es casi sagrado. Aunque lo sagrado puede irse al traste cuando te convoca el Anciano, y cuando me desperté descubrí junto a mi litera una nota del color naranja que usa el Anciano en la que se me pedía que me personase en su despacho cuando tuviese a bien (lo que significaba «inmediatamente»).

Me puse el uniforme y me encaminé al despacho del comandante.

Somos quinientos en la base, y todos y cada uno moriríamos por el Anciano. Pero no porque él así lo quiera: nos necesita en la misma medida que nosotros a él.

Supe que se encontraba de mal humor en cuanto llegué a la antesala porque su ayudante me hizo pasar a su despacho nada más verme, sin saludarme ni ofrecerme un café; solo recibí de ella un «Te está esperando, pasa».

La mesa del Anciano ocupa la mayor parte de la estancia y la tiene llena de montañas de papeles y carpetas con las esquinas dobladas y atadas con gomillas. A saber cómo encuentra las cosas en medio de tanto desorden.

En la pared de detrás hay un cuadro enorme de algo a medio camino entre un remolino y un tornado, o, más bien, igual que el agua cuando se va por el desagüe. Es una imagen del Altiverso: el modelo que todos juramos proteger y guardar con nuestras vidas si es necesario.

Me escrutó con su ojo bueno y me dijo:

—Siéntate, Jay.

El comandante aparenta unos cincuenta años, aunque podría ser mayor porque está bastante desmejorado. Tiene un ojo artificial, una construcción binaria de metal y vidrio en la que parpadean unas luces verdes, moradas y azules. Cuando te mira con él, te hace darle un repaso a tu conciencia y sentirte como si tuvieras cinco años. Pero lo mismo ocurre con su ojo de verdad, que es castaño, como los míos.

—Llegas tarde —refunfuñó.

—Sí, señor. He venido en cuanto he recibido su mensaje.

—Tenemos un nuevo Caminante —me informó,

antes de coger una carpeta del escritorio, hojearla, sacar un folio azul y pasármelo—. Arriba creen que podría estar caliente.

—¿Cómo de caliente?

—No estamos seguros, pero es un bala perdida y va a estar disparando las alarmas y tropezándose con trampas a cada paso que dé.

Estudié la hoja: un diseño planetario apto para humanos bastante sencillo, un mundo medio, de la parte gruesa del Arco, nada fuera de lo normal; las coordenadas tampoco tenían mayor complicación. Sobre el papel se trataba de una misión bastante asequible.

—¿Hay que pescarlo?

El Anciano asintió.

—Exacto. Y rápido. En cuanto se enteren de que está rondando por ahí, ambos enviarán equipos para atraparlo.

—En teoría hoy tendría que entregar el informe sobre el trabajo en Lucero.

—Joliet y Joy están en ello. Si necesito saber más, me pondré en contacto contigo. Esto es prioritario. Y cuando termines podrás tomarte dos días libres.

Me pregunté si sería verdad, aunque lo mismo daba...

—Entendido. Se lo traeré.

—Puedes retirarte —me dijo el Anciano, de modo que me levanté pensando ya en la rápida incursión que tendría que hacer al arsenal antes de entrar en materia e ir al Entremedias. Sin embargo aún no había llegado a la puerta cuando añadió—: Recuerda, Jay, te necesito de vuelta de una pieza, y cuanto antes. Un Caminante más o menos no supone el fin de los mundos, pero un oficial superior menos tal vez sí. Ten cuidado. Regresa e informa de tu misión a las siete en punto de la mañana.

—Sí, señor —le respondí, y cerré la puerta tras de mí.

La ayudante del Anciano me tendió la instancia para el arsenal y luego me sonrió. Se llama Josetta.

—Te digo lo mismo, Jay. Vuelve sano y salvo. Necesitamos a todos los oficiales que tenemos.

El intendente proviene de una de las Tierras más densas, donde uno se siente como si pesara doscientos kilos (en realidad, la mayoría de sus habitantes los pesan). Me saca dos palmos en su cuerpo de tonel, y cuando lo miras es igual que verte en uno de esos espejos deformes de la feria, de los que te aplastan y te ensanchan a la vez.

Solicité un traje de contacto y le vi bajarlo como si no pesase nada. Lo cogí y a punto estuve de caerme hacia atrás porque debía de pesar unos treinta y pico kilos. Me figuré que estaba enfadado conmigo por haber perdido la chaqueta de combate y el cinturón.

Cuando firmé por el traje de contacto, me quedé en camiseta y calzoncillos, me lo enfundé y lo activé; sentí cómo me recubría el cuerpo de la cabeza a los pies. Y luego me concentré en el chico nuevo, lo puse en el punto de mira y empecé a Caminar hacia él...

En el Entremedias hacía frío, y esa vez me supo a vainilla y leña quemada. No me costó mucho encontrarlo pero después todo salió mal.

45

Capítulo 5

*I*ba siguiendo de cerca a la bruja, con el señor Medusa y el tatuado a la zaga, pegados a mis talones.

Era como tener a dos personas viviendo en mi cabeza. Una era YO, un gran yo enorme que por alguna extraña razón había decidido que lo más importante en su vida era y siempre sería la bruja a la que estaba siguiendo hasta las puertas del instituto. La otra también era yo, pero un yo diminuto que gritaba sin voz, atemorizado como estaba por la bruja, el tatuado y el señor Medusa, y que quería huir a toda costa y ponerse a salvo.

El problema era que mi yo pequeño estaba ladrando a la luna. Atravesamos el campo de fútbol, en dirección a un viejo roble al que le había caído un rayo hacía un par de años y se levantaba contra el cielo cual diente podrido. Aunque el sol acababa de ponerse todavía quedaba algo de luz. Me temblaba todo el cuerpo.

—Scarabus, contacta con transporte —le ordenó la bruja al de los tatuajes, que inclinó la cabeza.

Me fijé en que el tatuado tenía la carne de gallina bajo una de esas imágenes desdibujadas. Se llevó un dedo a una que tenía en el cuello y la distinguí entonces con claridad: se trataba de un barco con las velas desplegadas. Cerró los ojos y, al abrirlos, le brillaban las pupilas.

—El barco *Lacrimae Mundi* está a vuestra disposición, milady —dijo en una voz distante como de emisión radiofónica.

—Tengo bien atada a nuestra presa. No se demore, capitán.

—Como deseéis —respondió el tatuado con la voz lejana. A continuación cerró los ojos y retiró la mano del tatuaje; al abrirlos de nuevo, habían recuperado la normalidad—. ¿Qué ha dicho? —preguntó en su propia voz.

—Que viene de camino —le explicó el hombre medusa—. ¡Mirad!

Cuando alcé la vista, el barco más grande que el salón de actos que se estaba materializando en el aire me pareció la viva imagen del típico bajel pirata de las películas antiguas: maderamen sucio, grandes velas hinchadas y un hombre con cabeza de tiburón por mascarón de proa. Se deslizaba hacia nosotros como a metro y medio del suelo y, a su paso, el césped del campo de fútbol ondeaba adelante y atrás como la superficie del mar.

A mi yo grande le traían al pairo los barcos fantasmas que surcaban los aires siempre y cuando la bruja no se apartase de su lado. Mi yo pequeño, en cambio, el que estaba atrapado en el fondo de mi cabeza, tenía la esperanza de que todo aquello no fuese más que una mala reacción a algún nuevo medicamento que unos buenos doctores estaban probando con él en la institución mental donde lo tenían encerrado.

De un lado del barco cayó una escala de cuerda.

—¡Arriba! —me ordenó la bruja, y arriba que subí. Cuando casi había llegado a la borda del barco unas manazas me agarraron y me arrojaron en cubierta como si fuese un saco de patatas. Al levantar la vista vi a hombres con cuerpo de forzudos vestidos igual que los piratas de las películas, con pañuelos en la cabeza, jerséis y pantalones harapientos y pies descalzos. Con la bruja se mostraron más delicados; la subieron con cuidado hasta el barco y luego se apartaron. Me supuse que no querrían tocar ni al hombre medusa ni a Scarabus, el de los tatuajes, y, la verdad, no podía reprochárselo.

Uno de los marineros me miró y preguntó:

—¿Para esto tanto jaleo? ¿Por este microbio?

—Sí —le respondió con frialdad la bruja—, este microbio es el motivo de tanto jaleo.

—¡Por mis barbas! —exclamó el marinero—. Entonces, ¿lo vamos a tirar por la borda cuando zarpemos?

—Tú hazle algo antes de llegar a Maldecimal y hasta el último brujo del Ventisquero querrá un centímetro de tu pellejo. Morirá a nuestra manera. Además, ¿con qué te crees que funciona este barco tuyo? Bájalo a mis habitaciones. —Después se volvió hacia mí y me dijo—: Joseph, tienes que ir con este hombre y quedarte donde él te diga. Si me desobedecieses, me harías muy desgraciada.

La sola idea de hacerle daño hizo que se me encogiera el corazón, literalmente: sentí que se me hacía un ovillo. Supe que jamás podría hacer nada que la hiciera desgraciada. La esperaría hasta el día del juicio final si era necesario.

El marinero me condujo por unos escalones hasta un pasillo estrecho que olía a pescado y cera para suelo y tenía una puerta al fondo.

—Hemos llegado, mi querido microbio —me anunció al tiempo que abría la puerta—. Estas son las habitaciones de lady Índigo para el viaje de vuelta a Maldecimal. Espérala aquí. Si necesitas aliviarte, ahí detrás por esa puerta tienes un excusado; úsalo, no vayas a poner esto perdido. Bajará cuando haya acabado. Tiene que trazar la ruta de regreso con el capitán.

Me hablaba como quien le habla a una mascota o a un animal de granja, única y exclusivamente para oír el sonido de su voz.

Se fue, y al poco se produjo una sacudida y por el ojo de buey del camarote pude ver que el cielo nocturno se disolvía en estrellas, miles de ellas, flotando en una oscuridad violeta: nos movíamos.

Debieron de pasar horas mientras esperaba junto a la puerta.

En cierto momento me di cuenta de que tenía que ir al servicio y fui a la puerta que me había indicado el marinero. Supongo que me esperaba un cuartucho destartalado y viejo, pero lo que en realidad me aguardaba tras el umbral era un baño pequeño pero lujoso con una gran bañera rosa y un pequeño váter de mármol rosa. Lo usé, tiré de la cisterna y me lavé las manos con jabón rosado que olía a rosas y me las sequé con una esponjosa toalla de baño del mismo color.

Y entonces miré por la escotilla: el barco estaba rodeado por arriba y por abajo de estrellas, diminutos puntitos titilantes. Había más de las que jamás había imaginado, y todas eran distintas. No conseguí distinguir ninguna de las constelaciones que mi padre me había enseñado de pequeño. Muchas estaban imposiblemente cerca, tanto que sus círculos eran más grandes que el sol, aunque, de algún modo, seguía reinando la noche.

Me pregunté cuándo llegaríamos a dondequiera

que fuésemos. Y por qué tenían que matarme una vez allí (y en algún remoto rincón de mi interior el diminuto Joey Harker gritaba y chillaba, entre sollozos, intentando reclamar la atención de mi cuerpo).

Tenía la esperanza de que lady Índigo no hubiese vuelto en mi ausencia y hubiese visto que no estaba esperándola. La idea de decepcionarla me atravesó el corazón como un cuchillo, y corrí a la puerta y me quedé allí en posición de firmes, a la espera, deseando que volviese pronto; estaba convencido de que si no venía me moriría.

Tras esperar otros veinte minutos por fin la puerta se abrió y la felicidad en estado puro me embargó. Lady Índigo estaba allí, acompañada por Scarabus.

No me dedicó ni una mirada. Se sentó en la camita rosa mientras el tatuado se quedaba de pie ante ella.

—No sé —le dijo, al parecer en respuesta a una pregunta que le había hecho el otro en el pasillo—. No veo que nadie pueda encontrarnos aquí. Y en cuanto lleguemos a Maldecimal, dispondremos de los mejores guardias y custodios de todo el Altiverso.

—Aun así —refunfuñó el tatuado—, Neville ha dicho que ha captado una perturbación en el continuo y que algo se está aproximando.

—Neville —le respondió milady dulcemente— es un caramedusa que se agobia por cualquier cosa. El *Lacrimae Mundi* está regresando a Maldecimal a través del Noquier: somos casi indetectables.

—Casi —murmuró el otro.

La bruja se levantó y se me acercó:

—¿Cómo estás, Joseph Harker?

—Muy contento de verla de nuevo, milady —respondí.

—¿Ha pasado algo fuera de lo normal durante mi ausencia?

—¿Fuera de lo normal? No lo creo.

—Gracias, Joseph. No vuelvas a hablar hasta que te lo diga. —Frunció sus carnosos labios y regresó a la cama—. Scarabus, ponme con Maldecimal.

—Sí, milady.

El hombre se llevó la mano a un tatuaje de la barriga, un dibujo con reminiscencias de las *Mil y una noches,* el castillo de Drácula y el mundo visto desde el espacio. Cerró los ojos y, al abrirlos de nuevo, las pupilas despidieron una luz parpadeante, distinta al brillo permanente que tenían cuando había pedido el barco en el campo de fútbol.

A continuación empezó a hablar con una voz profunda, como si Darth Vader se hubiese caído en un tonel de jarabe de arce.

—¿Índigo? ¿Qué ocurre?

—Tenemos al chico Harker, milord Dogodaga. Un Caminante de primera, podría propulsar varios barcos a la vez.

—Bien —respondió el resuello almibarado. Incluso bajo el extraño embrujo que me poseía, aquella voz hacía que se me pusiese el vello de punta—. Estamos preparados para comenzar el asalto a los mundos Lorimare. Los portales fantasmas que crearemos imposibilitarán todo contraataque o rescate. Cuando se les confiera poder, las coordenadas habituales de Lorimare abrirán dominios nocionales ocultos que estarán bajo nuestro control. Ahora que disponemos de otro buen Harker tendremos la potencia necesaria para que nuestra flota entre en batalla. Además, ya tenemos al imperator de los mundos Lorimare de nuestro lado.

—Tenemos la Causa, lord Dogodaga.

—Tenemos la Voluntad, lady Índigo. ¿Cuánto tardaréis en atracar?

—No menos de doce horas.

—Excelente. Dispondré una cuba para el Harker.

La bruja me miró y me sonrió, y el corazón me dio un vuelco y se puso a trinar como un cardenal en primavera.

—Me gustaría quedarme con un recuerdo de este Harker —pidió—. Un mechón de pelo o un nudillo.

—Daré órdenes a tal efecto. Buenos días, pues. —El tatuado cerró entonces los ojos y, al abrirlos, dijo con su propia voz—: Au, qué dolor de cabeza me ha dado. ¿Qué tal Dogodaga?

—Muy bien. Está planeando el asalto a los mundos Lorimare.

—Pues entonces está mejor que yo —observó Scarabus, que se frotó la sien—. Auu. Me vendría bien un paseíto por cubierta, un poco de aire fresco.

—Sí —coincidió lady Índigo—. Me he pasado las últimas dos horas abajo en la sala de mapas oliendo las cebollas crudas y el queso de cabra del capitán. —Me miró y añadió—: Pero no quiero dejar solo al Harker.

Scarabus encogió sus esmirriados hombros rojos y azules.

—Pues traedlo con vos.

La bruja asintió y dijo:

—De acuerdo, pero dame un minuto.

Fue al pequeño baño rosa y cerró la puerta tras ella.

El tatuado se quedó mirándome y me dijo:

—Pobre muchacho…, eres como un cordero camino del matadero.

Lady Índigo no me había dado órdenes para que hablase de modo que no respondí.

En ese momento, sin embargo, se produjo un golpeteo en la puerta del camarote y Scarabus fue a abrir. No vi lo que pasó a continuación porque la puerta me tapaba la vista, pero se oyó un porrazo, un grito ahogado y acto seguido a Scarabus cayéndose en redondo al suelo. El hombre que entró llevaba sombrero y gabardina y tenía la cara plateada.

Tras saludarme con la mano, se quitó a toda prisa el impermeable y el sombrero y vi que iba cubierto de pies a cabeza por una especie de uniforme plateado, igual que el hombre que vestía de espejo. Hizo rodar a Scarabus inconsciente tras la cama y le echó la gabardina por encima.

Oí el agua correr en el lavabo y supe que milady Índigo se estaba lavando las manos con aquel jabón que olía a rosas. Tenía que avisarla de que el hombre parecido a Jay estaba allí y quería hacerle daño. Intenté hablar pero, como ella no me había dado permiso, no me brotaron las palabras de la boca.

Jay (si era aquel el hombre del traje reflectante) se llevó la mano al uniforme y ajustó algo por encima del pecho.

El traje pareció fluir, cambió de forma y…

… de repente volvía a tener ante mí a Scarabus. Si no hubiese sido porque desde allí veía el pie del verdadero hombre tatuado a un lado de la cama, habría pensado que Jay era él; tan preciso era el espejismo.

Lady Índigo salió del baño.

«Dime que hable —le supliqué para mis adentros—, dime que hable y te avisaré de que estás en peligro. Él no es tu amigo, yo soy la única persona que se preocupa por ti de verdad, y no puedo advertirte.»

—Lista. Subamos a cubierta. ¿Cómo va ese dolor de cabeza?

El hombre disfrazado de Scarabus se encogió de hombros, y supuse que el disfraz no funcionaba con las voces. Lady Índigo no ahondó en el tema, se dio media vuelta y salió de la habitación.

—Vamos, esclavo Harker, pegadito a mí.

La seguí hasta cubierta, pues ni por un segundo se me habría ocurrido no hacerle caso. (El Joey enterrado en lo más hondo de mi ser sí que podía; de hecho, no paraba de chillar y gritarme que tenía que plantarle cara, correr, lo que fuera. Pero seguí caminando sin que sus palabras me hicieran mella alguna.)

Por encima de nuestras cabezas los campos de estrellas danzaban, parpadeaban y giraban en espiral. En cuanto nos vio, Neville, el hombre de gelatina, corrió a nuestro encuentro.

—He revisado todos los instrumentos y los augurios —dijo con tono engolado y voz de chupar barro—, así como el astrolabio, y todos coinciden: llevamos un polizón. Hace una hora llegó una presencia al *Lacrimae Mundi*, justo cuando dije que estaba notando algo en la barriga.

—Eso sí que es una barriga mágica —comentó el hombre de espejo remedando la voz de Scarabus. (Me equivocaba: el disfraz sí que imitaba voces.)

—Pasaré por alto ese comentario —le respondió el hombre de gelatina al supuesto Scarabus.

—¿De qué clase de polizón estamos hablando, Neville? —le preguntó lady Índigo.

—Podría ser algún secuaz de Zelda, la Grácil, que estuviese intentando hacerse con el Harker y llevarse así todo el mérito —intervino Scarabus—. Todos sabemos lo mucho que te odia. Si llevase a tu Harker de regreso a Maldecimal, quedaría por encima de ti.

—Zelda. —Lady Índigo puso una mueca como si le hubiese dado un bocado a algo que hubiese resultado estar lleno de gusanos.

Neville se abrazó a sí mismo con sus manos de medusa y torció el gesto.

—Quiere mi pellejo. Lleva años deseando hacerse un abrigo con él para poder presumir de cuerpo sin pasar frío.

Antes de que pudiese proseguir, Scarabus —Jay disfrazado de él— me miró con los ojos entornados y dijo:

—Milady, ¿cómo sabe que sigue siendo un Harker? ¿Y si lo han sustituido por otra cosa? Nos podrían haber robado ya al chico y habernos dejado uno que se le pareciese, un ser embrujado quizá. No es difícil de hacer, ni siquiera aquí.

Lady Índigo frunció el ceño y me miró. Acto seguido hizo una floritura en el aire con una mano mientras entonaba tres notas bien claras.

—Ahora todo hechizo que pesase sobre ti o a tu alrededor se ha disipado. Veamos quién eres en realidad.

Comprendí que podía volver a hablar si quería, y hacer todo lo que desease.

Me sentía con las pilas recargadas… Qué sensación más buena.

—Muy bien, Joey —me dijo el falso Scarabus, que de repente volvió a su cara y su cuerpo plateados.

—¿Eres tú, Jay?

—Pues claro. ¡Vamos! —Me cogió en volandas y echó a correr.

Ya habíamos llegado casi hasta la barandilla cuando se produjo una pequeña explosión verde, como el estallido de un petardo, y Jay ahogó un grito de dolor. Miré hacia su otro hombro y vi que la cobertura de espejo había desaparecido y había dejado al descubierto un amasijo de circuitería y piel ensangrentada. Vislumbré por unos segundos las insólitas figuras deformes de lady Índigo, Neville y Scarabus reflejadas en la espalda de Jay, que en ese momento me dejó en el suelo.

Estábamos contra la borda del barco y al otro lado

de las cuadernas del mismo estaba… la nada: solo estrellas, lunas y galaxias hasta el infinito y más allá.

Lady Índigo alzó una mano y vi cómo le surgía un pequeño fuego verde de la palma.

Neville, por su parte, blandía en una mano una enorme espada bastante preocupante que no sé de dónde se sacó, pero que brillaba y se ondulaba como su propia piel. Empezó a avanzar hacia nosotros.

Oí algo por encima de nuestras cabezas y miré hacia arriba: las jarcias estaban plagadas de marineros, cada uno con un cuchillo en ristre.

Sin duda el asunto se había puesto bastante feo.

Oí un traqueteo en cubierta y a continuación los gritos del verdadero Scarabus, que apareció tambaleándose.

—¡No les dispare, milady! ¡Detenga el fuego!

La verdad es que era la última persona que esperaba que nos salvase la vida.

—Por favor, déjeme a mí. La ocasión requiere algo especial. —Y entonces extendió uno de sus brazos tatuados y se llevó la otra mano al bíceps, donde tenía un dibujo borroso de una enorme serpiente enroscada por el brazo. Comprendí en el acto que, si tocaba el tatuaje, el animal se haría real, sería muy grande… y tendría mucha hambre.

Solo teníamos una opción y no nos lo pensamos: saltamos.

Interbitácora 2

Fragmento del diario de Jay

*E*chando la vista atrás, he de admitir que cometí un par de errores bastante graves. Y el peor fue aguardar a interceptar al chico una vez que hubiese salido de la casa de sus padres en el nuevo mundo en el que se había colado.

Esperaba que no hubiese empezado a Caminar para cuando lo alcanzase. Pero las esperanzas no dan réditos, como dice el Anciano. («La esperanza es para cuando no se tiene nada que perder —nos aleccionó una vez—. Pero si queda cualquier otra alternativa, por favor, ¡escogedla!») Y Joey ya había empezado a Caminar.

No había ido muy lejos, no obstante, pues había hecho lo que hacen la mayoría de Caminantes novatos: colarse en un mundo en el que no existía. Es más complicado entrar en un mundo en el que vive uno de tus yoes; es igual que cuando los polos magnéticos iguales se repelen. Necesitaba una vía de escape y acabó colándose en un mundo en el que no existía.

Por eso tardé cuarenta minutos más de la cuenta en localizarlo, porque tuve que Caminar de un plano a otro. Por fin di con él en un autobús urbano, de camino a su casa; o lo que él creía que era su casa.

Y me aposté a la salida. Supongo que di por hecho

que se mostraría más dispuesto a entrar en razón una vez hubiese visto lo que le esperaba dentro.

Pero, como había dicho esa misma mañana el Anciano, debía de haber despertado todas las alarmas existentes en cuanto empezó a Caminar.

Por lo demás, cuando salió de aquella casa no estaba por la labor de escuchar a nadie, con lo que nos convertimos en presas fáciles para los reciarios binarios y sus redes, que llegaron en sus gravitrones.

Dadas las alternativas, no sé cuáles me parecen más detestables, si los binarios o los maldecimales.

Los maldecimales nos cogen a los jóvenes Caminantes y nos cuecen a fuego lento hasta reducirnos a caldo; y lo digo literalmente: nos meten en calderos enormes (como en esos dibujitos de caníbales que salían en la contraportada de los periódicos) y nos envuelven en una maraña de hechizos y conjuros. Luego nos hierven hasta que solo queda nuestra esencia —nuestras almas, si se prefiere—, que almacenan en botes de cristal para utilizarla como combustible de barcos y demás vehículos en sus viajes multimundiales.

Los binarios tratan a los Caminantes de manera distinta, que no mejor. Nos enfrían hasta -237 grados, poco por encima del cero absoluto, nos cuelgan en ganchos de carne y después nos confinan en unos hangares enormes en su mundo de origen; no contentos con ello, nos pasan tubos y cables por la nuca y nos dejan allí, sin llegar a morir pero muy lejos de estar vivos, mientras nos chupan la energía y la emplean para sus viajes interplaneales.

Si es posible odiar dos coaliciones del mismo modo, entonces eso era lo que yo sentía.

Y lo cierto es que Joey hizo lo más inteligente que

pudo hacer —aunque sin saberlo, fue muy acertado por su parte— cuando aparecieron los matones binarios: Caminó entre mundos una vez más.

No me costó mucho librarme de los tres reciarios. Sin embargo, luego tuve que volver a buscarlo y, si la primera vez me pareció difícil, en esa ocasión fue peor porque Joey había embestido a ciegas el Altiverso, abriéndose camino a desgarrones por cientos de capas de probabilidades, como si fuesen pañuelos de papel. Vamos, igual que un elefante en una cacharrería... o en varios miles de cacharrerías idénticas.

De modo que salí tras él... una vez más.

Es raro pero había olvidado el coraje que me dan los nuevos Greenvilles. En el que yo me crié todavía había hamburgueserías con camareras sobre patines, los televisores eran en blanco y negro y ponían El avispón verde en la radio. En los Greenvilles de ahora las antenas parabólicas pueblan los tejados de las casas y la gente conduce coches que parecen huevos gigantes o todoterrenos hipermusculados, sin siquiera un alerón. Tienen televisores en color, videojuegos, cine en casa e Internet, pero lo que les falta es una ciudad, porque ni siquiera se han dado cuenta de que la suya ha muerto.

Pasé por un Greenville algo más lejano y por fin lo sentí en mi cabeza como una llama. Cuando Caminé hacia él, vi el barco de Maldecimal, con las velas desplegadas y las jarcias maltrechas, disipándose en el Noquier.

Había vuelto a perderlo, y esa vez probablemente para siempre.

Me senté en el campo de fútbol y me devané los sesos. Tenía dos opciones: una fácil y otra bien chunga.

Podía volver y decirle al Anciano que no lo había conseguido y que Maldecimal había capturado a un Joseph Harker que tenía más habilidad caminatoria que diez Caminantes juntos; que no había sido culpa mía. El asunto se cerraría tarde o temprano, y tal vez me echaría una bronca, quizá no, pero estaba convencido de que él sabía que yo mismo me castigaría durante mucho, pero que mucho más tiempo de lo que él podría hacerlo. Esa era la fácil.

O podía intentar lo imposible. Hay una larga travesía de regreso hasta Maldecimal en uno de esos galeones. Podía intentar encontrar a Joey Harker y a sus captores en el Noquier. En la base solemos bromear con eso porque nunca lo ha hecho nadie, jamás se ha logrado.

Pero no me sentía capaz de admitir delante del Anciano que la había fastidiado. Me resultaba más fácil probar lo imposible.

Y eso fue lo que hice: adentrarme Caminando en el Noquier.

Y descubrí algo que ninguno sabíamos, que los barcos dejan una estela a su paso, una especie de dibujo o perturbación en los campos de estrellas que surcan; es muy leve, solo un Caminante puede sentirla.

Tenía que contárselo al Anciano, era importante. Me pregunté si los platillos volantes de los binarios también dejaban un rastro para poder seguirlos por el Estático.

La única ventaja que tenemos los de InterMundo sobre el resto es que podemos llegar a cualquier lado antes que nadie. Lo que a ellos les lleva horas, días o semanas de viaje por el Estático o el Noquier, nosotros podemos recorrerlo en segundos o minutos a través del Entremedias.

Di gracias por el traje de contacto, que minimiza el roce del viento y el frío; además, me había protegido de las redes de los reciarios.

Vi el barco a lo lejos, con las banderas de Maldecimal ondeando en la nada. En mi cabeza sentía a Joey arder como una antorcha. Pobre chico... Me pregunté si sabría lo que le aguardaba si fracasaba en mi intento.

Aterricé en el barco por abajo y por detrás; me quedé agarrado entre el timón y el costado de la popa y esperé un rato. Tendrían al menos un par de magos de primera en el barco y, si bien el traje de contacto me mantendría a cubierto hasta cierto punto, no podría ocultar el hecho de que algo había cambiado. Les di tiempo para que registrasen el barco y no encontraran nada. Después entré por una escotilla y seguí la estela hasta donde tenían al chico.

Estoy grabando esto en el Entremedias de regreso a la base para facilitar la elaboración del informe.

Recordatorio para el Anciano: quiero los dos días libres cuando acabe. Me los merezco.

Capítulo 6

*B*ueno, en honor a la verdad, no «saltamos» exactamente: Jay saltó y, como me tenía cogido de la cazadora, no me quedó más remedio que seguirlo. Mi salida estuvo más en la tradición de los Tres Chiflados que en la de Errol Flynn. De haber aterrizado seguro que me habría partido el cuello.

Sin embargo no cayó esa breva porque no había donde aterrizar. Seguimos precipitándonos sin más y, al mirar hacia abajo, distinguí estrellas que brillaban a través de la fina neblina que teníamos bajo los pies. A nuestra izquierda se produjo un estallido verde que nos zarandeó y nos lanzó hacia la derecha, pero no nos hizo nada porque cayó demasiado lejos. Por encima de nosotros, el barco se encogió rápidamente hasta el tamaño del tapón de una botella y después se desvaneció en la oscuridad. Y Jay y yo continuamos sin frenos por la oscuridad inferior.

¿Sabéis lo mucho que los aficionados a la caída libre pregonan que es igualito que volar? Pues bien, en ese momento constaté que mentían; es como caerse y punto. El viento te aúlla en las orejas, se te mete en la boca y la nariz y no te cabe ninguna duda de que seguirás cayendo hasta la muerte. Por algo lo llaman «velocidad terminal».

Vale que no era ningún salto con paracaídas y que no estábamos ni en la Tierra ni en ningún otro planeta, pero sin duda estábamos cayendo y cayendo. Debíamos de llevar unos cinco minutos largos de bajada cuando por fin Jay me cogió de los hombros y tiró de mí hasta que tuvo la boca muy cerca de mi oído. Me gritó algo pero, aunque sus labios estaban a solo un centímetro de mi oreja, no me enteré.

—¿Qué? —grité a mi vez.

Se pegó aún más a mí y me chilló:

—¡Hay un portal debajo de nosotros! ¡Camina!

La primera y última vez que intenté caminar por el cielo tenía cinco años: me paseé tan campante por el borde de un muro de cemento de casi dos metros de altura y me llevé una clavícula rota de regalo. Dicen que gato escaldado del agua fría huye, y supongo que algo tiene de cierto porque desde luego no volví a intentar volar.

Hasta ese momento, en que no quedó más remedio.

Era evidente que Jay debía de saber lo que me pasaba por la cabeza.

—¡Camina, colega, o seguiremos cayendo por el Noquier hasta que el viento nos desuelle vivos! ¡Camina! Pero no con las piernas… ¡con la mente!

Tenía tanta idea de lo que me estaba diciendo como una rana toro de croar la suite del *Cascanueces*. Sin embargo, en algo había que darle la razón: no parecía haber ninguna otra forma de salir de aquel entuerto, así que respiré hondo e intenté concentrarme.

No ayudó mucho no tener ni la más mínima pista de en qué debía concentrarme. «¡Camina!», me había ordenado Jay. Sin embargo, si quería andar necesitaba algo sólido sobre lo que hacerlo; resolví centrarme en eso, en mis pies pisando tierra firme.

Al principio no cambió nada pero luego noté que el viento aullador que nos golpeaba desde abajo amainaba ligeramente al tiempo que la bruma se espesaba. Dejé de ver las estrellas de debajo y noté una extraña luminiscencia que parecía provenir de la niebla que nos rodeaba.

Ahora más que caer flotábamos. Era como caer en un sueño, y a ninguno nos sorprendió posarnos en lo que parecía una nube.

Supongo que no era la primera vez que Jay hacía cosas tan raras como esa, y que por eso se lo tomó tan bien, por así decirlo. Por mi parte, había alcanzado mi punto de saturación, ni más ni menos. Teniendo en cuenta lo que llevaba pasado ese día, por fin llegué a la conclusión de que todo aquello me estaba ocurriendo entre una oreja y la otra, de que se me había fundido la placa base del cerebro y lo más normal era que en ese momento estuviese vistiendo una chaqueta gruesa con candados en vez de botones. Lo más probable era que me tuviesen encerrado en el sanatorio de Rook's Bay, y que me encontrase en una habitación muy blanda alimentándome de comida muy blanda. Una perspectiva bastante deprimente pero con una ventaja: ya nada podría sorprenderme.

Aquel pensamiento me proporcionó un par de minutos de paz…, hasta que la niebla se disipó por completo y vi dónde estábamos.

Ya había vislumbrado un destello de ese ¿lugar?, ¿condición?, ¿estado de conciencia?, cuando Jay apareció por aquella grieta en el aire. Era igual, solo que esa vez los dos estábamos en medio.

—Bien hecho, Joey —me felicitó Jay—. Hemos llegado aquí gracias a ti, lo has conseguido tú solo.

Contemplé todo lo que nos rodeaba: había mucho que ver.

Ya no estábamos en una nube sino en un camino morado que serpenteaba, aparentemente apuntalado sobre la nada, y se perdía hasta… el infinito. No había horizonte alguno —dondequiera que estuviésemos no parecía haber límites—, ni tampoco cielo. La distancia se perdía en más distancia. Jay estaba a mi lado sobre una franja magenta que zigzagueaba en la misma dirección; a veces pasaba por debajo y otras por encima de mi sendero. Los colores eran muy vivos, y ambos caminos tenían el brillo del poliuretano tintado.

Pero eso no era todo, ni la milésima parte.

A la altura de mis ojos y a casi un metro había una figura geométrica más grande que mi cabeza que palpitaba y tenía ora cinco, ora nueve, ora dieciséis lados. No sabría deciros de qué estaba hecha, de la misma manera que no sería capaz de explicar por qué hacía lo que hacía. Supongo que se podría decir que estaba hecho de amarillo, porque ese era el color del que estaba saturado. Lo toqué cuidadosamente con un dedo y sentí que tenía la misma textura que el linóleo.

Miré hacia otro lado… y tuve el tiempo justo de esquivar un «algo» giratorio que pasó zumbando a mi lado, casi rozándome antes de rodearme y perderse en el caos circundante. Momentos después caía en una piscina de lo que parecía mercurio, salvo porque era de color canela y formaba un ángulo de 45 grados con la senda en la que estaba yo. Las ondas y las gotitas que levantó en la caída se fueron ralentizando conforme se esparcían, hasta quedarse congeladas.

Todo ese tipo de cosas nos rodeaba por doquier, sin parar. Lo que me pareció una boca estilizada se abrió en medio de la nada no lejos de Jay, y bostezó de tal manera que los labios se separaron tanto que se plegaron hacia atrás y se tragaron a sí mismos. Al mirar hacia abajo comprobé que el caos continuaba a mis pies: formas geométricas que vagaban y daban volteretas al tiempo que cambiaban de forma o se fundían en otras, colores palpitantes y el aire cargado de olor a miel, trementina, rosas… Era como una colaboración en 3D de Dalí, Picasso y Jackson Pollock, con una buena dosis, por si fuera poco, de El Bosco y de los dibujitos antiguos de la Warner.

Demasiado para alegar locura, comprendí. No podía ser: no estaba tumbado en ninguna camilla viendo una película en mi cabeza mientras esperaba a que un médico viniese a ponerme un palo almohadillado en la boca y a enchufarme suficientes voltios en la sesera como para revivir al monstruo de Frankenstein. No, no, aquello era real; tenía que serlo: nadie, en su sano juicio o no, sería capaz de imaginar todo aquello.

Mi vista no era lo único que se veía superado. Había también una continua cacofonía en marcha: cosas que chirriaban, campanas que doblaban, abismos bostezantes, pozos sorbiendo ruidosamente… Dejé de intentar identificar cada sonido, igual que había renunciado a ver todo lo que sucedía a mi alrededor. No solo habría necesitado ojos en la nuca, sino ¡hasta en la suela de los zapatos!

¡Y qué decir de los olores! Me asaltó un penetrante tufo a menta, seguido de olor a cobre caliente. Aunque la mayoría ni siquiera podía identificarlos, pues buena parte de las visiones, sonidos y olores eran sinestésicos: oía colores y veía sabores. El bueno del señor Telfilm, un vecino de mi calle, siempre se había declarado sinestésico y no había cejado en su empeño de intentar explicarle a la gente que escuchaba lo fuerte que olía el cielo o que el sabor de la pasta era turquesa y sonaba a do bemol. Por fin entendí lo que quería decir.

De pronto me di cuenta de que Jay me había cogido del brazo con el suyo bueno y me estaba zarandeando:

—¡Joey! Escucha: tenemos que movernos. No tienes traje protector y no aguantarás mucho así en el Entremedias.

—¿El qué?

Me negaba a apartar la vista de lo que se me antojaba un imaginario gráfico realmente formidable: enormes torres que se formaban de la nada y escalaban solo para fundirse luego en lagos de azogue, y vuelta a empezar. Jay me agarró con fuerza y clavó su mirada metálica en la mía.

—¡Tenemos que irnos! Yo no puedo llevarnos hasta la base principal de InterMundo con este brazo como lo tengo. El dolor es tan fuerte que me desconcentra y ni con un puñado de medicinas conseguiría abstraerme. Tienes que ser tú quien encuentre el camino.

Lo miré sin salir de mi asombro. A unos quince metros un trapezoide acorraló a un romboide más pequeño y se lo «comió» fluyendo tranquilamente a su alrededor y sobre él. Justo por encima de mi cabeza apareció de la nada una ventana de bisagras corriente y moliente, con las cortinas recogidas, la hoja abierta y, detrás, una negritud impresionante de la que salían gritos, gemidos y llantos lastimeros. Llegué a la conclusión de que o era una ventana abierta al infierno, o bien estaba mirando el interior de mi propia mente. No habría sabido decir qué era peor.

—¿Cómo voy a encontrar un camino en medio de todo este… este…?, ¿cómo lo has llamado?

—El Entremedias —me explicó Jay con la voz amortiguada por la máscara metálica. Se sostenía el brazo herido con el otro y, aunque no estaba sangrando

67

mucho, la herida no tenía buena pinta; iba a necesitar algo más que un par de tiritas—. Son los pliegues intersticiales entre los varios planos de la realidad. Llámalo «hiperespacio» o «agujero de gusano», si lo prefieres. Son los espacios oscuros entre las convoluciones de tu cerebro o el lugar donde el mago guarda el conejo antes de sacarlo del sombrero. No importa mucho qué nombre le pongas: lo importante es atravesarlo y volver a la sede de InterMundo. ¡Eso es lo que tienes que hacer, Joey!

—De verdad, creo que te has equivocado de persona —intenté explicarle—. Yo no podría encontrar el dorso de mi mano ni aunque me escribieses las indicaciones en la palma.

—Porque tu talento no es navegar en los planos sino entre ellos. Y ahí es justo donde estamos ahora. Presta atención —prosiguió ignorándome cada vez que intentaba interrumpirlo—: el Entremedias es un lugar peligroso. Hay… seres… que viven aquí, o medio viven. Los llamamos «fóvims», de FVM, las iniciales de «forma de vida multidimensional». Una denominación un tanto absurda, por otra parte… Al fin y al cabo, todos somos formas de vida multidimensionales, ¿no te parece? Salvo que nosotros podemos movernos libremente en tres dimensiones (y linealmente en una cuarta), mientras que ellos tienen libertad absoluta en no sé cuántas, incluso en la cuarta, en muchos casos.

La mayoría de lo que estaba contándome estaba tan por encima de mi cabeza que temí por el tráfico aéreo. Por lo menos, como había visto las reposiciones de *La dimensión desconocida*, sabía cuál era la cuarta dimensión.

—¿Quieres decir que pueden viajar en el tiempo?

—Creemos que algunos sí. Aunque es difícil saberlo porque hay cierta flexibilidad temporal entre los planos que pueden afectarnos a todos. Uno aprende a compensarla cuando Camina; en caso contrario, te puedes pasar un mes en un mundo y descubrir a la vuelta que en otro solo han transcurrido un par de días. Puede resultar bastante confuso si se hace en un espacio breve de tiempo, por eso intentamos utilizarlo solo cuando es estrictamente necesario.

»Pero eso ahora no importa. Lo que quería decirte es que no te acerques a los fóvims. No son muy inteligentes pero pueden ser peligrosos. Por lo general no salen del Entremedias pero algunos pueden colarse en los distintos mundos, como una pasta de dientes polidimensional.

Me sentía un poco sobrepasado por tanta información y empecé a preguntarme en qué medida lo que estaba contándome Jay era real y hasta qué punto me tomaba el pelo.

—Ya, y lo siguiente que vas a decirme es que son los responsables de todas las leyendas de hadas, duendes y toda esa pesca —dije, esperando que Jay se echara a reír, pero no fue así.

—No, eso es más cosa de los exploradores maldecimales. Los binarios suelen considerarse más «hombres grises» y todo ese rollo del pueblo de Roswell. Aunque yo diría que algunos de los cuentos sobre demonios pueden buenamente haber surgido por algún fóvim. Pero ya darás todo eso en tus estudios básicos del Altiverso. Ahora lo importante es asegurarnos de no encontrarnos con ninguno, o salir corriendo si vemos uno. —Me agarró, me giró y me empujó—. ¿A qué esperas? Ya he tenido bastantes sustos por hoy, y esta quemadura maléfica está empezando a dolerme de verdad. Quiero un baño caliente y analgésicos en vena.

¡Así que andando que es gerundio, Caminante! ¡Ya sabes por dónde se va! ¡A correr!

Me dispuse a decirle de nuevo que se equivocaba de persona... pero me detuve. Miré hacia el frente, hacia aquel disconjunto de Mandelbrot llamado Entremedias, e inesperadamente me di cuenta de que tenía razón: sí que conocía el camino.

Aunque no sé cómo... ni siquiera sabía cómo sabía que lo sabía. Pero allí estaba la ruta, clara y resplandeciente ante mí. Esa vez no era tampoco autoengaño: era de lo más real.

Al mismo tiempo que aquella constatación me di cuenta de otra cosa: que Jay estaba en lo cierto respecto a los fóvims. Por allí había bichos que nos comerían en dos bocados y usarían nuestras tibias de mondadientes. No quería encontrarme ninguno y, cuanto más tiempo siguiésemos en el Entremedias, mayor sería el riesgo. Podían localizarnos con sentidos para los que ni siquiera teníamos nombres.

Empecé a moverme y Jay me siguió. Saltó a mi sendero morado y nos ceñimos a él durante un tiempo, agachándonos bajo cintas de Moebius arrugadas y botellas de Klein palpitantes. La gravedad —o la fuerza que fuese que nos mantenía en el sendero— parecía encenderse y apagarse. Cuando comprendí que era hora de abandonar la rampa morada, la única forma de hacerlo era saltar, cosa que requería agallas, todo hay que decirlo: daba la impresión de que ibas a precipitarte a un abismo que, en comparación, hacía que el salto del barco pareciese una tontería. Sin embargo, como lo veía brillar claramente en mi cabeza, aguanté la respiración y di un paso adelante.

Mi estómago quiso trepar por mi garganta y escapar, mientras todo el Entremedias daba un giro de noventa grados en varias direcciones a la vez… hasta que «abajo» dejó de ser abajo. Floté entre las formas geométricas ambulantes, pasé al lado de lo que me pareció un armario entornado por el que se entreveía una puerta interior que daba a un maravilloso paisaje soleado y continué guiándome por el mapa que tenía en la cabeza hacia una especie de vórtice.

Jay me seguía muy de cerca. Era evidente que no estábamos en un estado de ingravidez absoluta —sorprendentemente, dado lo que nos rodeaba—, porque había leído que intentar nadar en gravedad cero no lleva a ninguna parte, que todos los movimientos se anulan; hay que ir apoyándose con las manos y los pies en algún punto, o, mejor aún, que te propulsen de una forma u otra.

Nosotros no teníamos nada de eso y aun así surcábamos el espacio sin problemas y sin que nos impulsase nada más que una rectitud que nos venía dada. Pero empecé a ponerme nervioso cuando vi que nuestra ruta iba hacia aquel remolino, *maelstrom*, tornado o comoquiera que se llamase (es muy fácil quedarse rápidamente sin palabras en el Entremedias).

Jay estaba justo detrás de mí y, cuando me detuve —para lo que solo me hizo falta pisar los frenos mentalmente—, se chocó conmigo.

—¿Qué pasa, Joey?

—Eso de ahí. —Le señalé el embudo giratorio, y me di cuenta entonces de que no podía imaginarme ni remotamente de qué estaba hecho. Aunque tampoco cabía extrañarse: no sabía de qué estaban hechas el noventa por ciento de las cosas del Entremedias. Materia oscura, posiblemente… Eso explicaría bastantes cosas, ¿no?

Pero, por mí, como si estaba hecho de pudin de tapioca. No tenía la menor gana de tirarme de cabeza a aquel embudo; debía existir una forma más fácil de llegar a Oz.

Jay miró hacia «abajo», hacia el embudo. Parecía prolongarse hasta el infinito en su interior, mientras que las convoluciones rotatorias parpadeaban de tanto en tanto como si fuesen relámpagos.

—¿Se sale por aquí?

—Eh… sí. Por aquí. —No tenía sentido intentar rodearlo. Solo le faltaba tener un gran neón luminoso con «Salida» en intermitente.

Con esa voz que seguía siéndome tan perturbadoramente familiar, Jay me dijo:

—Algunas cosas son iguales estés en el mundo que estés. Y una de ellas es esta: la forma más rápida de salir suele ser por en medio. —Dicho esto, me adelantó flotando y se lanzó al vórtice.

O cayó o fue succionado; en cualquier caso sucedió rápido. Su cuerpo parecía disminuir de tamaño más rápido de lo que debiera. Me recordó a una fotografía hecha con perspectiva forzada y me olió a chamusquina. ¿Y si era alguna singularidad? Todo lo que quedaría de Jay —y de mí, si lo seguía— sería un rastro infinito de partículas subatómicas, como un largo collar de cuentas.

Pero, visto que mi otra opción era quedarme en aquella tierra de locos, no me pareció una alternativa muy viable. Jay me había salvado la vida: cuando menos, debía intentar devolverle el favor.

Respiré hondo lo que quiera que hubiese en la atmósfera del Entremedias y me lancé al vacío.

Capítulo 7

Caí de un trozo resplandeciente de cielo a unos dos metros del suelo. Jay tuvo el buen juicio de apartarse rodando nada más aterrizar, de modo que fui a dar contra la tierra dura y se me cortó la respiración.

Mi compañero me dio unas palmaditas en la espalda para asegurarse de que no se me hubiese obstruido la tráquea y luego se sentó a mi lado como un indio. Al cabo de un par de minutos mis pulmones recordaron su mecanismo de funcionamiento y volvieron a su ser, si bien un tanto a regañadientes.

Jay esperó a que respirase con toda normalidad para tenderme una petaca. No sé de dónde se la sacó porque aquel traje de espejo le iba tan ceñido que no podría haber guardado ni una caja de cerillas. Miré la petaca con desconfianza y se la devolví.

—No, gracias, no bebo.

Pero no quiso cogerla.

—Pues a lo mejor va siendo hora de que empieces. Vas a descubrir muchas cosas nuevas, y algunas no serán fáciles de encajar. —Al ver que seguía sin cogerla, insistió—: Lo digo en serio, Joey. Todavía no has tenido tiempo de procesar el impacto, pero viene hacia ti como un tren descarrilado y estás atado a las vías.

—De pronto le vino una idea a la cabeza y se inclinó para escrutarme desde detrás del óvalo plateado que llevaba por máscara—. Un momento… ¿no creerás que tiene alcohol? —Cuando asentí, se echó a reír—. ¡Por el Arco! ¡Tiene gracia! Joey, confía en mí; esto se parece tanto al alcohol como la penicilina al aceite de serpiente. ¿Por qué, en el nombre de la cordura, iba a darte a beber un veneno teratogénico cuando existen tantas otras maneras de generar moléculas de etilo sin producir efectos secundarios horribles?

Acto seguido abrió la petaca, remedó un brindis y le dio un trago. Lo que más me fascinó fue que no se quitó la máscara sin rasgos: el líquido dorado la atravesó sin más y fluyó por la parte inferior como por debajo de una membrana transparente —con el líquido dorado mezclándose con la plata y formando dibujos dignos del test de Rorschach— hasta disiparse. A continuación volvió a ofrecerme la petaca y me decidí por fin a darle un buche.

Cuando me jubile, que no se molesten en concederme una pensión: que me dejen tener una tabernita en algún mundo del tramo medio del Arco y me otorguen una licencia para vender ese brebaje. Me alivió la garganta y se me asentó en el estómago con tanta suavidad como si llevase allí viviendo toda la vida, y a partir de ahí se extendió por todo mi ser —incluidas uñas de pies y manos— una sensación de relajación, energía y confianza que me hizo sentirme el último hijo de Kripton. Me entraron ganas de saltar un rascacielos de un solo brinco, hacer malabares con furgonetas Volkswagen y formular una teoría de cuerpos unificada…, y luego seguir con cualquier otro desafío. Lo que hice, no obstante, fue devolverle la petaca a Jay.

—Uauu.

—Entra bastante bien —reconoció Jay—. Existe un mundo cerca de los confines de los dominios maldecimales donde hay un lago, y en ese lago hay una isla y en medio de la isla, un árbol. Da frutos cada siete años, y en InterMundo se considera un honor para cualquier equipo ser escogido para Caminar hasta allí y volver con cestas llenas de sus manzanas. Son el ingrediente secreto de este pequeño reconstituyente. —Se levantó y añadió—: Ahora vuelvo. Voy a cambiarle el agua al canario. —Se alejó unos tres metros y me dio la espalda.

Me pregunté por qué no se habría ido detrás de una roca, pero entonces miré por primera vez a mi alrededor y vi que no había ninguna roca grande. Estábamos en medio de una llanura polvorienta que se extendía en todas direcciones hasta donde alcanzaba la vista y estaba rodeada por una cordillera de montañas lejanas que la convertían en la ponchera de los dioses. Me pregunté si sería muy calurosa y miré hacia el cielo, en busca del sol.

Pero no había ningún sol.

Ni tampoco cielo, la verdad. En su lugar los colores se arremolinaban y fluían como el aceite en el agua, con un espectáculo psicodélico de luces que se expandía de un horizonte a otro. Aunque no había ninguna fuente de luz, todo estaba iluminado por alguna radiación sutil e ilocalizable.

Miré hacia Jay y vi que parecía estar hablando con algo que tenía en la mano, una grabadora, posiblemente. Me llegaron retazos de palabras pero no logré hilarlos. Empecé a preocuparme: ¿estaba registrando lo que yo había hecho como prueba para algún juicio amañado? ¿Podía considerarlo un amigo de verdad?

Estaba claro que me había salvado la vida pero ¿y si lo había hecho para atraparme en beneficio de su propio bando, en vez de para el de lady Índigo? Por lo que se veía, yo constituía una posesión bastante valiosa…, aunque era incapaz de figurarme por qué. Durante toda mi vida escolar había sido el típico al que escogían el último en los juegos por equipos; incluso los gamberros como Ted Russell me elegían como último recurso cuando ya le habían pegado al resto.

Me desembaracé de la paranoia momentánea y decidí confiar en Jay. No sé exactamente por qué pero tenía algo que me hacía fiarme de él.

Regresó al cabo de unos minutos y me dijo:

—Bien, ponte cómodo porque esto nos va a llevar un rato. —Él mismo siguió su propio consejo—. Empecemos con grandes pinceladas y ya luego iremos concretando.

—¿Y por qué no mejor por el principio? —sugerí.

—Por dos razones. *Primus:* este cuentecito no tiene un verdadero principio y probablemente tampoco un fin. *Secundus:* es mi historia y la contaré como me venga en gana.

No parecía que pudiese rebatir ninguno de sus argumentos, de modo que me recosté contra una piedra y esperé.

—Por lo menos podrías quitarte la máscara.

—No, todavía no. Bien, veamos: el cuadro entero es lo que llamamos el Altiverso, que no hay que confundir con el Multiverso, que quiere decir el infinito entero de universos paralelos y todos los mundos que contiene. El Altiverso es la porción del Multiverso que abarca las miles de Tierras, y te aseguro que son muchísimas. —Hizo una pausa y tuve la sensación de que me miraba con reprobación—. ¿Sabes lo que es la distancia cuántica?, ¿el principio de incertidumbre de Heisenberg?, ¿las líneas de mundo alternativas?

—Eh… —Habíamos dado algo de eso en la clase de ciencias del señor Lerner, y recordé un artículo que había leído en la página web de la revista *Discover*. Además, había visto el episodio clásico de *Star Trek* en que Spock lleva barba y la nave *Enterprise* va llena de piratas. Pero, sumando todo eso, sabía poco más que mi gato.

Se lo dije y Jay hizo un gesto como restándole importancia.

—No importa. Ya asimilarás lo que necesites saber por ósmosis cultural. Lo que tienes que recordar es que algunas decisiones (importantes, las que consiguen generar ondas mayores en el flujo temporal) pueden hacer que mundos alternos se escindan en continuos espacio-tiempo divergentes. Recuerda lo que voy a decirte o te quedarás paralizado cada vez que tengas que escoger: el Altiverso no va a crear un mundo nuevo así de la nada a raíz de tu decisión de ponerte calcetines verdes o rojos; o, si lo hace, el mundo solo durará unos cuantos femtosegundos antes de reciclarse en la realidad de la que se escindió. Pero si el presidente de tu país está intentando decidir entre si bombardear o no a algún buscabullas de Oriente Próximo, tomará la decisión en dos sentidos: porque se crearán dos mundos donde antes había uno. Por supuesto el Entremedias los mantiene alejados, para que nunca se sepa.

—Un segundo… Tal y como lo estás planteando, cualquiera diría que la creación de mundos alternativos nuevos es una decisión consciente.

—No lo estoy planteando, lo estoy afirmando. ¿O es que no has prestado atención?

—Pero ¿de quién es la consciencia? ¿De Dios?

Jay se encogió de hombros y los colores líquidos del cielo corrieron por sus espaldas destellantes.

—Es una cuestión de física, no de teología. Llámalo como te parezca: Dios, Buda, el Monstruo de Espagueti Volador, el Primer Motor..., todo junto. Lo mismo me da. La conciencia es un factor de todos los aspectos del Multiverso. Las matemáticas cuánticas no funcionan sin un punto de vista. Tú limítate a recordar que no debes confundirla con el ego; son dos cosas completamente distintas... y, de las dos, el ego es la prescindible. —Quise hacerle más preguntas al respecto pero no me dejó hablar—. Piensa en esa porción del Multiverso como un arco..., con varias dimensiones adicionales, claro. —Hizo un gesto como si estuviera estrangulando una serpiente—. En cada extremo del arco están los mundos donde habitan las dos hegemonías (imperios que controlan cada uno una pequeña parte de las Tierras individuales del arco). Uno se llama Lo Binario y se vale de tecnología muy avanzada (y cuando digo «avanzada» me refiero en comparación con la que el resto de Tierras ha desarrollado) para viajar por el arco e ir conquistando todo a su paso. Estuviste a punto de conocer a un par de ellos en la Tierra en la que Caminaste..., aquellos que te dijeron que «resistirse es improcedente», los de los discos voladores. Les encanta decir cosas por el estilo. El otro imperio se hace llamar Maldecimal y su artillería está basada en la magia: hechizos, talismanes, sacrificios...

—Uau. —Formé una «t» con ambas manos, rogándole un tiempo muerto—. Para el carro. ¿Magia? ¿Como «abracadabra», «hocus pocus» y todo eso?

Aunque el lenguaje corporal de Jay dejó entrever

cierto hastío, su tono de voz siguió siendo paciente.

—Bueno, nunca he oído a ninguno diciendo «abracadabra» pero, sí, esa es la idea.

Sentía como si se me estuviese derritiendo el cerebro y me estuviese saliendo por las orejas.

—Pero eso no es…

—¿Posible? Pues cuando te saqué del *Lacrimae Mundi* parecías creerlo a pies juntillas.

Abrí la boca pero decidí cerrarla al ver que no salía nada. Jay se recostó, como aliviado.

—Bien. Por un momento he creído que te ibas a poner racional conmigo. Recuérdalo siempre: en una infinidad de mundos, no es solo que cualquier cosa sea posible, es que es preceptivo que así sea.

»Sigo: Lo Binario y Maldecimal están en guerra, tanto abierta como veladamente, por el control absoluto del Altiverso. Llevan así siglos y avanzan bastante despacio, dada la magnitud de la empresa. Creo que el último censo que interceptamos hablaba de en torno a varios billones de trillones de Tierras…, y con otras muchas más surgiendo del vacío más rápido que las burbujas del champán.

»Maldecimal está gobernado por el Consejo de los Trece, mientras que en Lo Binario reina una inteligencia artificial que se hace llamar 01101. Ambos quieren una sola cosa: controlar todo el cotarro. Lo que se niegan a aceptar es que el Altiverso funciona mejor cuando las fuerzas de la magia y de la ciencia están en equilibrio. Y ahí es donde entra InterMundo.

—Ya lo has mencionado antes.

—Exacto. Yo trabajo para ellos…, y ahí es adonde vamos.

Paró para tomar aliento. Yo tenía más preguntas que Tierras existían, pero, antes de que pudiera hacérselas y de que él retomara la conversación, oímos un bramido.

Fue un sonido lejano, que no se parecía a nada que hubiese oído jamás pero que sin duda pertenecía a una bestia rapaz, y probablemente sería tan grande que nos vería a los dos como un plato combinado. Mi compañero se puso en pie de un salto.

—Vamos. —Incluso con la máscara puesta su nerviosismo era palpable—. Este mundo está todavía en los bordes del Entremedias, y eso es demasiado cerca para mi gusto.

Empezamos a andar a paso rápido por el valle cocido y resquebrajado. ¿Qué lo habría cocido?, iba preguntándome. La temperatura era agradable, incluso ligeramente fresca; calculé que debíamos de rondar los veinte grados. Miré hacia el cielo abigarrado pero ya no me pareció fascinante; daba la sensación de que todos aquellos colores podían caer sobre nosotros en cualquier momento, como plomo hirviendo precipitándose desde las almenas de un castillo. Sentí un escalofrío y aligeré la marcha.

Lo bueno del sitio donde estábamos es que no podía aparecer nadie de detrás de algo. Así y todo, seguía sin gustarme. Estábamos tan indefensos como un par de cobayas en una pista de hockey. Anduvimos y anduvimos, y las montañas no parecían acercarse nunca.

De pronto percibí un titileo de color por el rabillo del ojo. Al mirar a un lado vi algo que me hizo pararme en seco. A primera vista se me antojó una pompa de jabón del tamaño de una pelota de baloncesto que parecía estar surgiendo de una gran grieta en el suelo. Sin embargo solo ascendió un pequeño trecho, hasta detenerse y quedarse cabeceando como un globo que intenta escapar de su amarre.

—¿Qué es eso? —le pregunté.

Jay volvió su cabeza bañada en plata hacia la burbuja. Estaba lo suficientemente lejos de él para verme reflejado de cuerpo entero en la curva de su mejilla y su mandíbula.

—Ni idea, nunca había visto nada igual. Tiene que ser algún tipo de fóvim, supongo. Lo que quiere decir que damos por hecho que es peligroso y nos largamos corriendo.

Cuando Jay retomó la marcha, le di una última mirada a la pompa («Parece casi viva», pensé), me volví y lo seguí.

De algún punto a lo lejos llegó entonces un traqueteo que me recordó una serpiente de cascabel o a alguien arrastrando una cadena muy grande sobre unas rocas.

Me volví para mirar, pues el sonido se había producido a nuestras espaldas. No vi nada susceptible de armar tanto jaleo, pero sí que vi a la burbujita tirando desesperadamente hacia un lado y otro, como intentando escapar de algo. Su superficie esférica palpitaba a toda velocidad en colores saturados, en su mayoría tonos rojos oscuros y naranjas tirando a morados.

Estaba aterrada; no sabría decir cómo lo supe pero vi clarísimo que aquella cosita estaba sufriendo de un modo u otro.

Me di la vuelta y me encaminé hacia la grieta.

—¡Joey, no! —me gritó Jay detrás de mí—. ¡Vuelve aquí!

—Creo que le pasa algo —le grité a mi vez—. No es peligrosa. —Y seguí hacia la pompa.

Me paré delante de la grieta, que resultó estar más cerca y ser más grande de lo que pensaba. Pude ver entonces que el ser burbuja estaba anclado de algún modo a las rocas del borde de la sima por un fino hilo de protoplasma, ectoplasma o algo parecido.

—¡Joey! ¡Esa cosa es un morador del Entremedias! ¡Un fóvim! ¡Vuelve aquí inmediatamente!

Hice oídos sordos.

El hilo era transparente y fino, como de saliva. Daba la impresión de que bastaría con mirarlo mal para cortarlo y liberar al pobre ser burbuja.

—¡Se ha quedado enganchado! —le grité a Jay—. Creo que puedo liberarlo.

Mi compañero estaba viniendo hacia mí, así que, si quería salvarlo, tenía que ser rápido. Alargué la mano y tiré del hilo, que era más fuerte de lo que parecía en un principio.

—Eh —llamé a Jay—. ¿Tienes un cuchillo? Seguro que con uno puedo cortarlo.

No me respondió; a pesar del traje plateado se le notaba que estaba cabreado. Sobre nuestras cabezas el ser burbuja parecía alterado. Solté el hilo, que estaba algo pegajoso y me recordó a una telaraña.

—Es inofensivo, lo sé —le expliqué a Jay—. Solo hay que verlo.

Jay suspiró; estaba a metro y medio de mí.

—Puede que estés en lo cierto pero hay algo en todo esto que me huele mal. ¿Cómo crees que se quedó aquí enganchado? ¿Y por qué?

La hebra empezó a vibrar y acto seguido se produjo un bramido tan fuerte que casi me rompe los tímpanos. Entonces me di cuenta de que había llamado a algo al tirar del hilo. Yo pensaba que estaba liberando al pequeño fóvim, cuando en realidad no había hecho más que golpear el gong de «¡A cenar!».

Un monstruo apareció por la sima.

Aunque sé que suele abusarse de la palabra «monstruo», no hay otra más adecuada para aquella cosa. Tenía una cabeza a medio camino entre la de un tiburón y la de un tiranosaurio sobre un cuerpo de ciempiés tan robusto como un furgón de reparto. No sé cómo era de largo, pero lo suficiente para surgir de un abismo que parecía no tener fin; y conforme cada segmento de su cuerpo iba saliendo de la roca, repiqueteaba y reverberaba por la hendidura como una cadena muy grande. En mucho menos de lo que lleva contarlo se levantó por encima del borde unos dos metros y medio largos. Me miró desde arriba con unos enormes ojos compuestos grandes como mi mano.

Y luego embistió.

Tenía la cabeza del mismo tamaño que el taxi de mi padre y boqueaba revelando unas mandíbulas con varias filas de dientes, cada uno largo como un cuchillo de carne. A pesar de su tamaño, se abalanzó sobre mí con la velocidad de un ascensor directo. Estaba a punto de convertirme en un canapé cuando sentí que alguien me empujaba por detrás y me impulsaba casi hasta el borde del abismo.

Me volví rápidamente y vi a Jay apostado en el sitio donde yo estaba hacía un instante. Después, el enorme buche abierto de la bestia lo envolvió y empezó a cerrarse...

Y entonces la pompa de jabón apareció a mis espaldas y comprendí que al caerme debía de haber roto la hebra que la mantenía anclada. Arremetió contra el monstruo y se aplastó en su morro como un emplasto traslúcido.

El bicho retrocedió con un gruñido rabioso y soltó el cuerpo de Jay. Seguía con la boca abierta; aquellas quijadas letales no se habían cerrado del todo sobre él y tenía que mantenerlas así para respirar, pues el fó-

83

vim le había tapado la nariz con la sustancia pegajosa y translúcida de su cuerpo. El monstruo dio varios tumbos rezongando por la frustración mientras intentaba desembarazarse de aquella especie de ameba. Consiguió tirar de algunos colgajos de sustancia, que estaban unidos por unos zarcillos elásticos, solo para que volviesen a pegársele en la nariz. Por mucho que cueste creerlo, aquella bola de Blandiblub transparente ¡estaba evitando que la serpiente de Midgard nos comiese vivos a Jay y a mí!

El monstruo regresó bajo tierra y, por los sonidos y por cómo tembló el suelo en repetidas ocasiones, pareció estar intentando zafarse del pequeño morador del Entremedias restregando su morro escamoso contra las rocas. No me quedé a ver quién de los dos ganaba. Corrí hacia Jay, lo agarré por los brazos y lo puse en pie. Se apoyó en mí y nos alejamos a trompicones de la acción. Intuí que a aquella pompa de jabón con sobrepeso no le quedaba mucho de vida.

Nos detuvimos a medio kilómetro de la escena. Jay se sentó como pudo en la arena, mientras seguían llegándonos los gruñidos y temblores del monstruo. Vi surgir nubes de polvo y fragmentos de roca que salían disparados desde abajo. La cosa podía haber sido divertida salvo por algo en lo que no me había fijado hasta ese momento: un rastro de sangre, denso como pintura y ancho como mi mano, extendiéndose sin interrupción desde el borde de la sima hasta el cuerpo de Jay.

Ahogué un grito y me arrodillé junto a él. Tenía el traje plateado perforado por ambos lados, con dos orificios enormes en el costado izquierdo y tres en el derecho, justo por encima de las caderas. Los dientes del monstruo le habían practicado agujeros de más de dos centímetros y medio de diámetro por los que la sangre de Jay salía a borbotones. No tenía modo de detenerla, aunque tampoco sé si habría valido de algo, pues ya había perdido bastante cantidad.

Muy débilmente levantó una mano y se la cogí.

—Te llevaré de vuelta a InterMundo —le prometí, sin saber bien qué otra cosa decirle—. Iremos a través del Entremedias, llegaremos enseguida... Yo... lo siento...

—No te molestes —murmuró Jay—. No... no lo conseguiremos. He sangrado... como un... tres cochinos. Y creo que ese bicho era venenoso. No puedes ni imaginarte... cómo duele... —Hablaba con apenas un hilo de voz.

—¿Qué puedo hacer? —le pregunté desesperado.

—Ponme la mano en... la arena. Tengo que enseñarte... cómo llegar... a la distancia final...

Le llevé la mano a ras del suelo, donde dibujó algo con movimientos espasmódicos.

Luego se detuvo para descansar, supuse. No podía sentirme más inútil.

—¿Jay? No te pasará nada, de verdad, te lo aseguro. —No quería mentirle, lo decía con la esperanza de que al expresarlo en voz alta se volviese más probable.

De repente se incorporó sobre un codo, mientras con la otra mano me agarró de la pechera de la camisa con una fuerza asombrosa hasta que mi cara estuvo a unos centímetros de su máscara. Una vez más me vi los rasgos reflejados grotescamente en la superficie del traje.

—Dile... al Abuelo... siento... haberle... dejado con un oficial menos. Dile... que mi sustituto... va con todas mis... recomendaciones.

—Se lo diré, quienquiera que sea —le prometí—.

Pero ¿me harías un favor a cambio? —Ladeó ligeramente la cabeza, como interrogándome.

—Quítate la máscara. Déjame que vea quién eres.

Vaciló un poco antes de llevarse la mano a la cara y tirar por debajo de la barbilla del material del traje, que cambió de un plateado reflectante a un gris metalizado y se encogió en un anillo alrededor del cuello.

Lo miré fijamente pero no vi diferencia alguna. La máscara seguía en su sitio; o al menos eso fue lo primero que pensé, llevado por la conmoción de ver el rostro de Jay. Era mi propia cara, claro; aunque no idéntica: Jay parecía por lo menos unos cinco años mayor que yo. En la mejilla derecha tenía una cicatriz y en uno de los lóbulos un queloide aún mayor. Pero no existían cicatrices suficientes para ocultar quién era.

Era yo. Por eso su voz me resultaba tan familiar, porque era la mía. O, mejor dicho, era mi voz dentro de cinco años.

Me pregunté por qué no lo había comprendido antes, y me di cuenta de que, hasta cierto punto, sí que había sido consciente. Por supuesto que era yo, aunque más listo y valiente. Y había dado su vida por mí.

Me miró con los ojos entornados:

—Tienes que… irte. —Sus susurros eran apenas audibles—. No podemos… perder ni un operario más… demasiado peligroso. Dile que… la Noche de Escarcha… se acerca…

—Se lo diré, te lo prometo —le aseguré, pero había cerrado ya los ojos y estaba inconsciente.

No importaba, las promesas eran vinculantes, daba igual si Jay la había escuchado o no. Yo me había oído a mí mismo haciéndola y no quería pasarme el resto de la vida intentando justificarme por no haber hecho lo correcto.

Le bajé el cuerpo y me quedé en el sitio con un repentino nudo en la garganta. No sé cuánto tiempo estuve así, respirando sin más.

Después estudié los símbolos que había dibujado en la arena. Debían de ser importantes, pero por mucho que los miraba no les veía el sentido. Parecían una ecuación matemática:

$$\{IW\} := \Omega/\infty$$

Aunque no entendía lo que querían decir, los símbolos se enraizaron en mi cerebro y se quedaron brillando como neones en mi mente.

En aquel paraje rocoso estaba todo en silencio. Podía oír los jadeos de Jay y el silbido de la arena levantada por el aire, poco más. No sabía cuánto tiempo llevaba así pero sí que la lucha desigual entre el dinomonstruo y el pequeño fóvim solo podía haber acabado de una manera. Sentí lástima por el ser burbuja: primero atrapado como cebo y luego engullido al intentar salvarnos del monstruo.

Me levanté, me di la vuelta y miré hacia atrás. No había rastro de ninguno de los dos. Avancé con cautela para intentar ver mejor.

No había nada más que tierra posándose…

A Jay le había cambiado de color la piel, que ahora tenía un tono azulado. Como había dicho él, seguramente los dientes del monstruo le habían inyectado veneno. Si le hubiese hecho caso y no hubiese sido un estúpido, nunca habría tenido que lanzarse a las fauces de la muerte para apartarme a mí de ellas. El necio es atrevido…, y Jay había muerto por eso, por mi culpa; yo era el único responsable.

Miré al cielo e hice otra promesa, a lo que quiera

que hubiese allá arriba, a quienquiera que estuviese escuchándome. Prometí que si Jay vivía, si salía de esa, si le conseguía asistencia médica y se ponía bien, me convertiría en la persona más buena y trabajadora del mundo. Sería san Francisco de Asís, Gautama Buda y todos sus imitadores juntos.

Pero se le cerraron los ojos y dejó de respirar; ya no se movía y poco importaba lo que hubiese prometido o lo bueno que fuese a ser en el futuro.

Nada importaba ya.

Estaba muerto.

Capítulo 8

$\mathcal{N}$o podía dejarlo allí.

Os parecerá ridículo pero no podía. Tal vez fuese lo más sensato y, quizá si hubiese podido cavar una tumba o algo así, no me habría importado dejar a Jay en un desierto en los límites del Entremedias. Pero el suelo estaba duro como una piedra, era arcilla cocida y recubierta por una leve capa de arena.

Intenté tirar de él pero no se movió ni un milímetro. Sabía que pesaba más que yo pero aun así le había ayudado a llegar hasta allí desde el borde del abismo no hacía ni diez minutos..., aunque también probablemente había empleado en ello hasta el último miligramo de adrenalina, comprendí. Pasado el peligro, tenía las mismas posibilidades de moverlo que de tirar del *Titanic* con los dientes.

Me pregunté si sería el traje metálico lo que lo hacía tan pesado. Lo inspeccioné en busca de alguna abertura, una cremallera o algo parecido.

Nada.

En ese momento oí un cuchicheo detrás de mí y me volví: era el pequeño morador del Entremedias. El fóvim estaba flotando en el aire a mi lado, como una ameba del tamaño de un gato, brillando con todos los colores del arcoíris.

—¡Eh! Vaya, al menos tú estás bien. Pero Jay ha muerto. Tenía que haberte dejado allí con aquel tiranosaurio raro.

La pompa de jabón cambió de color a una tonalidad de morado ceniza.

—Yo no quería… Pero era… mi amigo. De hecho, él era yo en cierto modo. Y ahora está muerto y no puedo llevarlo de vuelta a su casa, pesa demasiado.

El color morado fue volviéndose más cálido hasta que aquella cosa resplandeció con un tono dorado suave. Extendió algo que no era una extremidad ni tampoco un tentáculo —más bien sería un pseudópodo, supongo, si es que eso significa lo que yo creo— y tocó el traje de metal por encima del corazón.

—Sí —le dije—. Está muerto.

Palpitó en dorado, un dorado de frustración, y volvió a rozar el mismo punto del traje.

—¿Quieres que lo toque ahí?

Volvió a cambiar de color, a un celeste sereno, una especie de azul satisfecho. Rocé con el dedo donde me había señalado con el pseudópodo y el traje se abrió como una flor al sol. Jay llevaba puestos unos calzoncillos grises y una camiseta. Se le veía tan blanco el cuerpo… Le quité el traje como pude.

Pesaba un quintal (bueno, quizás algo menos…). La ameba seguía pululando, como si intentara decirme algo. Extendió el pseudópodo escarlata hacia el tejido plateado del traje, que estaba tirado sobre la tierra roja, y luego me lo señaló mientras unas venas plateadas cruzaban su cuerpo de globo.

—¿Qué? —le pregunté muy frustrado—. Ojalá hablases.

Volvió a señalar el traje plateado, ahora con un gris más apagado, y después a mí una vez más.

—¿Quieres que me lo ponga?

Brilló en azul, con el mismo tono de antes. «Sí, póntelo.»

—Había oído lo de hablar por los codos, pero no lo de por colores.

Cogí entonces el traje, que se me antojó un abrigo con forma de estrella de mar, y me lo eché encima. Pesaba tanto que me hacía daño en la espalda, era como taparse con una manta de plomo. Estaba frío e inerte. Con aquella cosa no había manera de dar más de doce pasos hacia ninguna parte.

—¿Y ahora qué? —le pregunté a la ameba.

Se volvió primero de un color verde perplejo para luego pasar a una rápida sucesión de amarillos y carmesíes. A continuación señaló dubitativo un punto en medio del traje, sobre el pecho. Lo toqué pero no pasó nada. Sin embargo, volví a tocarlo, lo golpeé, lo froté, lo apreté entre el dedo y el pulgar tan fuerte como pude... hasta que de repente el manto de plomo que me cubría cobró vida; fluyó, rezumó y me recorrió el cuerpo cubriéndome de la cabeza a los pies. Se me oscureció la visión cuando me tapó la cara y por un momento sentí auténtico pánico y asfixia, pero enseguida volví a ver, incluso mejor que antes, y recobré asimismo el aliento.

Al mirarme el cuerpo, vi la cobertura plateada pero también el interior. Se parecía un poco a los dispositivos que los pilotos de combate utilizan en sus cabinas. Distinguí la botella dorada y lo que parecía una extraña pistola y varios objetos que no reconocí y que estaban en una especie de bolsillos. Y pude ver mi propio cuerpo.

Ahora estaba guarecido, salvo por el hombro izquierdo, dañado por el hechizo de lady Índigo, y por los puntos donde estaba perforado.

A través de la máscara especular la ameba parecía más rara aún, como si la mirase por unos binoculares puestos del revés. No era más grande que un gato, eso lo sabía, pero de algún modo no podía quitarme de la cabeza la idea de que en realidad tenía el tamaño de un rascacielos, solo que a quince kilómetros de distancia. ¿Tiene algún sentido?

—¿Te llamas de alguna manera? —le pregunté.

Resplandeció en cientos de colores y lo interpreté como un sí. El problema era que yo no hablo el idioma de los colores.

—Voy a llamarte Tono —le dije—. Es un chiste, o un juego de palabras más bien.

Cuando resplandeció en dorado, deduje que no le parecía mal.

Me incliné, cogí a Jay y me lo eché a los hombros. Aunque seguía notando el peso tenía la sensación de que era el traje el que soportaba la mayor parte. No me pesaba más de unos trece kilos.

Acto seguido pensé:

$$IW\} := \Omega/\infty$$

…y emprendí el camino hacia la base con el cuerpo de Jay a cuestas como un cazador sioux con un ciervo de vuelta al campamento.

Tono me acompañó por el aire un tiempo hasta que llegué a un camino que sentí que me conduciría a la Tierra donde se encontraba la base de InterMundo.

Ojalá pudiese explicarlo mejor… Lo sentía de la misma manera que cuando te tocas con la lengua un hueco de un diente caído. Más que sentirlo lo palpaba.

Había llegado la hora de Caminar, así que Caminé.

Lo último que vi fue a Tono cabeceando detrás de mí, con cierta tristeza, me pareció. Y luego el escenario cambió por…

Nada…

La orilla de un río…

El destello de una ciudad…

Miles de ojos cerrándose y abriéndose cada uno a su aire, todos clavados en mí…

Una llanura cubierta de hierba y, a lo lejos, montañas moradas.

Y de repente estaba allí, fuera donde fuese aquel «allí». Lo supe, lo sentí en mi cabeza.

$$\{IW\}:=\Omega/\infty$$

no me llevaría más allá.

Pero no había nada a mi alrededor, estaba solo en medio de una pampa desierta. Dejé el cuerpo de Jay sobre la hierba y barajé dos posibilidades: que los de su base —los de InterMundo, fuera lo que fuese aquello— viniesen a por mí o que no apareciesen, y de repente, francamente, comprendí que me daba igual una cosa que otra.

Puse el dedo en la parte blanda de debajo de la barbilla y sentí cómo el traje se me retiraba de la cara y la dejaba al descubierto bajo la brisa cálida. Y entonces, allí solo, a billones de kilómetros de cualquier parte, me eché a llorar: por Jay, por mis padres, incluso por Jenny y el renacuajo; y por Rowena, Ted Russell, el señor Dimas; por todos…

Aunque más que nada lloré por mí.

Lloriqueé y sollocé hasta que no me quedó nada

por dentro con lo que nutrir mis llantos. Después me senté, con las lágrimas secándose en mi cara, sintiéndome vacío y hecho polvo, hasta que el sol se puso y una ciudad bajo una cúpula de cristal sobrevoló la pampa levitando en silencio a casi dos metros del suelo. Se paró a quince metros y un destacamento de personas con cierto parecido a mí llegó, nos recogió y nos llevó con ellos.

SEGUNDA PARTE

Capítulo 9

*E*staba aferrado a la pared del acantilado como si me fuera la vida en ello. Iba vestido con un mono gris y botas de montaña y llevaba enganchada al cinturón una cuerda que a su vez estaba atada a la escaladora que tenía a unos seis metros por encima de mí; no le caía bien, y ella me lo hacía ver cortésmente. Pero, claro, aquello complicaba las cosas, teniendo en cuenta que a treinta metros de ella estaba la libertad, el calor, la comida sólida y el camino de vuelta a la base.

En mi estado los treinta metros bien podían ser cien. Tenía hambre y frío y me dolían los dedos de manos y pies, por no hablar de todo lo que había entre medias…

En la frente llevaba una cinta de red neural programada para impedirme Caminar si se me presentaba la ocasión. Cosa que no me habría importado porque, creedme, era bastante tentador, sobre todo cuando empezó a caer aguanieve: una lluvia heladora mezclada con nieve que me caló hasta los huesos y luego me dejó congelado. Ideal. Empecé a temblar tanto que apenas lograba mantenerme agarrado.

Oí una tos a mi espalda y con mucho cuidado me volví para ver de quién se trataba.

Era Jai, uno de los que se parecen un montón a mí, salvo por la piel, que la tiene color avellana. Vestía una túnica blanca y estaba sentado con las piernas cruzadas; es más, flotaba con las piernas cruzadas a unos cuarenta y cinco metros del suelo.

—He venido a inquirirte sobre tu bienestar —me dijo en su tono siempre amable—. Esta lluvia dificulta levemente el ascenso. Si deseases finalizar la subida en esta coyuntura, no se consideraría demérito por tu parte.

Me castañeteaban los dientes como dados en un cubilete; apenas le oía.

—¿Qué?

—¿Quieres parar?

Como he dicho, resultaba tentador, pero ya tenía bastantes problemas para que encima me tachasen de cobarde.

—Seguiré adelante —le contesté—, aunque no lo cuente.

—Esa no es una opción —me reprochó. Jai era un poco cargante, pero al menos reconocía mi existencia. Subió flotando hacia el campamento que había en la cima del collado.

Proseguí la escalada hasta llegar a una grieta profunda en la roca por la que continué trepando dejándome en ello la piel de brazos y espalda. Tras lo que me pareció una pequeña eternidad, llegué a un saliente a veinte metros del punto anterior y vi a mi compañera de subida, que se había agazapado en un lado de la cornisa, al resguardo del aguanieve; muy cómoda, sin embargo, no estaba, e intenté no regodearme en ello. No se molestó en mirarme cuando llegué, siguió contemplando el cielo sin más.

—¿Tienes algún plan para hacer cima? —le pregunté mirando con recelo la pared de piedra que se cernía sobre nosotros.

—La lista de gente con la que no me hablo es bastante corta. Pero, mira tú por dónde, tú estás en ella —me soltó, y se volvió para seguir contemplando la tormenta inmutable.

Vale, perfecto… Abrí la bolsa térmica que me colgaba del cinturón y me eché una taza de reconstituyente sopa de búfalo humeante. No le ofrecí; primero porque tenía su propia comida colgada del cinturón y segundo porque ¡que le diesen!

Me bebí la sopa a sorbos pequeños para no quemarme la boca —aquel mejunje se calentaba muy rápido— y me quedé mirando a Jo, en particular las dos cosas que la hacían tan distinta a mí.

—¿Tengo monos en la cara?

—Lo siento… Es que donde nací nadie tiene alas.

Me miró como si yo fuese algo que hubiese encontrado en la suela del zapato. Jo pertenece a uno de los mundos mágicos. No son las alas —unas grandes, blancas y con plumas, iguales que las de los ángeles de los cuadros— lo que la mantiene en el aire cuando vuela, aunque pueda utilizarlas para planear y transportarse; lo que la sustenta es, según dijo el Anciano una vez, la convicción de que puede volar. Eso, y el hecho de que en su mundo realmente la magia flota en el aire. Siempre me daban ganas de preguntarle si su pueblo descendía de simios alados —al igual que la raza de Jakon provenía de un mundo lobuno—, o si todo empezó cuando a algún brujo se le ocurrió un buen día ponerle a un crío alas de cisne en la espalda. Sin embargo, dado que me miraba con el mismo afecto que a una cepa del virus Ébola, no era muy probable que llegase a despejar mis dudas.

Υ

Solo llevaba diez días en el campamento pero me parecía toda una vida; y no muy dichosa, la verdad: más bien era una de esas vidas que convencen a cualquiera de que en una encarnación previa fue Gengis Kan y todavía está pagando la deuda kármica por ello.

Diez días antes de estar allí, en aquel precipicio bajo la lluvia, me había levantado en una especie de camastro de lona en una habitación blanca que olía a desinfectante con el sonido de fondo de una banda, una lúgubre música, conmovedora y triste a la vez.

Se trataba de una marcha fúnebre.

Cuando acabó, salí de la cama y, con paso tambaleante, fui hasta la ventana para mirar por ella.

Había unas quinientas personas en una gran explanada, todas muy distintas entre sí. Formaban filas en torno a una caja donde había un cuerpo cubierto por una bandera negra.

Supe a quién pertenecía, y por quién había dado su vida.

En un estrado había un hombre que se parecía a mí si alguna vez llegaba a la cincuentena. Comprendí que estaba acabando de decir cosas buenas sobre Jay pese a que apenas oía sus palabras.

Y luego la gente empezó a gritar, en quinientas voces distintas, un chillido sin palabras que era un llanto por la pérdida y al mismo tiempo un hurra triunfal; quinientas gargantas que gritaban, chillaban y gemían.

Y entonces la caja que contenía el ataúd parpadeó, resplandeció y se deslizó levemente para al cabo arder y desaparecer por completo.

La banda retomó la música, aquella marcha fúnebre, aunque esa vez con un ritmo más animado, como queriendo trasmitir que la vida sigue.

Volví a mi camastro de lona y me senté. Me encontraba en una especie de hospital, hasta ahí podía deducirlo; además, estaba en la base de la cúpula-burbuja y había visto el funeral de Jay.

Llamaron a la puerta.

—Pase —dije.

Era el hombre mayor, el que había dado el discurso, vestido con un uniforme extremadamente almidonado y pulcro.

—Hola, Joey —me saludó—. Bienvenido a Ciudad Base. —Tenía un ojo castaño como los míos mientras que el otro era artificial, un racimo de LED de colores encajado en la cuenca del ojo.

—Usted también es yo —comenté con asombro.

Inclinó la cabeza en un gesto que podría pasar por un asentimiento.

—Joe Harker. Aquí me llaman el Abuelo, la mayoría a mis espaldas. Dirijo esto.

—Siento lo de Jay. Traje su cuerpo.

—Hiciste bien. Y también su traje de contacto, que era incluso más importante, porque solo tenemos doce. Ya no los fabrican, el mundo que los hacía ha… desaparecido.

Hizo una pausa y me figuré que me tocaba a mí decir algo, de modo que le pregunté:

—¿Que ha desaparecido? ¿Un mundo entero?

—Los mundos son efímeros, Joey. Suena horrible pero la mayoría de las cosas horribles tienen algo de cierto. Lo Binario y Maldecimal los consideran bastante efímeros, y la vida más efímera aún… Pero volvamos a ti. Hiciste bien en traer el cuerpo, así tuvimos algo de lo que despedirnos. Y el traje contenía sus últimos mensajes. —Volvió a hacer una pausa—. ¿Te acuerdas de cuando te trajimos aquí? Estabas delirando y no parabas de llamarme.

—¿De verdad?

—Sí. Nos dijiste que habían matado a Jay por tu culpa, por salvarte. Y nos contaste lo del fóvim y la serpiente tiranosáurica. Que fuiste un estúpido y lo metiste en problemas.

Bajé la mirada y musité:

—Así es.

Consultó un cuaderno y prosiguió:

—Jay te dijo que le pidieras perdón al Abuelo, que le dijeses que sentía haberlo dejado con un oficial menos. Dijo que su sustituto merecía su más enérgica recomendación.

—¿Yo le conté todo eso?

—Sí. —Volvió la vista al cuaderno y me preguntó con cierta perplejidad—: ¿Qué es la Noche de Escarcha?

—¿La Noche de Escarcha? No lo sé, Jay me pidió que le dijera eso: que no puede perder más oficiales y que la Noche de Escarcha se acerca.

—¿No dijo nada más?

Sacudí la cabeza.

El Abuelo me daba miedo. Vale, sí, era yo pero un yo que había visto muchas cosas. Me pregunté cómo habría perdido el ojo, aunque luego me dije que tal vez no quisiera saberlo.

—¿Puede hacer que vuelva a mi casa? —quise saber.

Asintió con la cabeza y luego añadió:

—Poder, podemos. Nos costaría bastante, y significaría un fracaso para nosotros. Tendríamos que borrar tus recuerdos, toda la información sobre este lugar; y habría que despojarte de todas tus habilidades de Caminante de Mundos. Pero sí, podríamos hacerlo. Es posible que, de volver, se preguntasen dónde has estado, pero el tiempo no pasa a la misma velocidad en los distintos mundos. Probablemente por ahora no lleves fuera más de cinco minutos… —Debió de ver la esperanza dibujada en mi cara—. Pero ¿desertarías así sin más?

—Señor, no se lo tome a mal pero ni siquiera le conozco. ¿Qué le hace pensar que yo querría unirme a su organización?

—Bueno, has llegado con la mejor recomendación posible, de parte de Jay. Y tal y como él mismo dijo, no podemos permitirnos perder otro oficial.

—¿Yo… soy yo el sustituto del que habló?

—Me temo que sí.

—Pero si lo mataron por mi culpa.

—Pues ya tienes una razón más para quedarte y compensarlo por ello. Perder a Jay ha supuesto una tragedia… Perderos a ambos sería un auténtico desastre.

—Me hago cargo… —Pensé en mi casa, la de verdad, no en sus innumerables versiones fantasma—. Pero ¿podría llevarme de vuelta?

—Sí. De hecho, si no superas los estudios, no nos quedará más remedio.

Si cerraba los ojos todavía podía ver a Jay mirándome desde abajo, desde la tierra roja sobre la que murió. Suspiré y dije:

—Cuente conmigo. Pero no lo hago por usted, sino por Jay.

Alzó la mano e hice ademán de estrechársela pero en lugar de eso me envolvió la palma en su enorme y fuerte mano y me miró a los ojos.

—Repite después de mí: yo, Joseph Harker…

—Em… Yo, Joseph Harker…

—Al entender que debe existir equilibrio en todas las cosas, declaro aquí y ahora que haré todo lo que esté en mis manos por defender y proteger el Altiverso de quienes quieran perjudicarlo o someterlo a su voluntad. Haré todo lo posible por apoyar a InterMundo y los valores que encarna.

Lo repetí lo mejor que pude, si bien él me ayudó cuando titubeé.

—Estupendo. Espero que la fe que Jay depositó en ti esté justificada. Tendrás que pedirle tu uniforme al intendente de turno. Los pertrechos están en el edificio cuadrado al otro lado de la explanada. Ahora mismo son las once en punto, tienes tiempo de sobra para instalarte en tu barracón y tenerlo todo ordenado para las once y cuarenta y cinco. El almuerzo se sirve a las doce en punto. A las doce y cuarenta empieza el entrenamiento básico.

Se levantó y se dispuso a salir pero yo todavía tenía una pregunta que hacerle.

—Señor, ¿me culpa usted de la muerte de Jay?

Su ojo de LED destelló con un azul glacial.

—¿Eh? Sí, claro que te culpo. Al igual que las otras quinientas personas de la base. Tendrás que esforzarte para compensarnos por ello —me dijo, y acto seguido salió del cuarto.

Era como ser nuevo en un colegio que odias; o peor aún, ser nuevo en un colegio que odias y que está administrado por un ejército de principios levemente sádicos donde todo el mundo es de un país distinto y solo tienen una cosa en común: todos te odian.

Podría ser peor, al fin y al cabo no me escupían en

la comida, ni me llevaban a rastras detrás de los barracones para darme una paliza, ni siquiera me metían la cabeza en un váter y tiraban de la cisterna. Pero nadie me hablaba a no ser que no le quedase más remedio. Ni me ayudaban: si me equivocaba de camino para ir a clase, nadie me lo advertía; y cuando me veían corriendo alrededor de la explanada, sudando y jadeando, porque había llegado cinco minutos tarde…, pues bien, esa era la única vez que arrancaba una sonrisa de mis compañeros reclutas.

Si chocaban contra mí sin querer mientras subía por una cuerda; si me daban el disco repelente de gravedad más flojo en carrera de discos; si me tocaba la varita más vieja, cutre e inútil en primero de magia; si comía solo en una mesa en medio de un comedor abarrotado… no era nada que no me pasase todos los días.

Pero no me importaba; es más, me alegraba. No me castigaban más de lo que yo creía merecer. Jay me había salvado la vida; primero me había rescatado del barco aquel en medio del Noquier y luego me había salvado de mi propia necedad en más de una ocasión. Y yo se lo había pagado conduciéndole a la muerte.

Era normal, pues, que la gente hiciese cola para odiarme, y yo el primero.

Una gota de aguanieve me cayó en la cara y decidí entonces ajustarme de nuevo la taza al cinturón y volverme hacia la pared rocosa.

—Bien. Hora de volver arriba.

Jo no respondió; sacudió las alas para quitarse el agua helada y encaró la pared. Subió y, pasados unos minutos, yo hice lo propio.

Aunque seguía temblando, ahora me resultaba

más fácil: Jo parecía tener un instinto natural para encontrar apoyos de manos y pies, de modo que solo tuve que seguirla. La cosa fue bien hasta que empezó a llover con más fuerza aún.

Miré hacia arriba y vi que la roca en la que estaba apoyada iba a desprenderse de un momento a otro.

—¡Eh! —le grité haciéndole señas desesperadas para que quitase el pie cuanto antes.

Pero no me hizo caso, y cuando la roca cedió Jo se escurrió y cayó hacia atrás en una lluvia de piedrecillas, justo encima de mí, lo que hizo que ambos nos precipitásemos barranco abajo.

Era una caída larga e íbamos bajando velozmente y a la par.

La cogí por la cintura y me impulsé con las piernas para apartarme de la pared. A ella se le ocurrió lo mismo y empezó a batir con fuerza las alas. Tal vez no pudiera mantenernos así mucho tiempo pero no faltaba tanto para llegar arriba.

Aterrizamos en el saliente donde me había tomado la sopa.

—He intentado avisarte —le reproché.

—Ya. Sabía que estabas tratando de llamar mi atención, pero es que no tenía ganas de mirarte.

Estaba temblando bajo la lluvia.

—¿Cómo conociste a Jay? —le pregunté.

—Igual que todos. Un día empecé a Caminar y él vino y me trajo hasta aquí. Y de paso, como a la mayoría, me sacó de unos cuantos apuros.

—Pues sí, así también me encontró a mí, y me salvó la vida de paso, tres o cuatro veces. Y dio su vida por traerme hasta aquí pero no creo que él me hubiese tratado así, ni que me hubiese dejado tratarme a mí mismo de esta manera.

Se hizo el silencio y me miró a los ojos con los suyos, que eran castaños y me daban la impresión de estar mirándome en un espejo.

—Tienes razón, yo tampoco lo creo. Correré la voz.

Después de eso subimos hasta la cumbre sin cruzar palabra pero fue un silencio agradable.

Tras esa conversación las cosas mejoraron, no mucho, y no del todo, pero algo sí.

Capítulo 10

Y yo que pensaba que las pruebas del señor Dimas eran duras...

Los exámenes de InterMundo harían tragar saliva a cualquier superdotado de mi mundo y que les saliera humo de las orejas a nuestros mejores cerebros.

¿Cómo se responde a una pregunta del tipo: «¿El factor de improbabilidad de un mundo de tiempo revertido es solipsista o fenomenológico?»? O a: «Describe seis usos del pandemónium antielemental». O ¿qué tal: «Explica la gnosis de los seres qlippóticos de séptimo orden»?

Pues imaginaos devanarse los sesos con esas historias cuando eres alguien que ha aprobado economía doméstica por los pelos.

Ya llevaba unas veinte semanas en el campamento de adiestramiento de InterMundo; veinte semanas de ejercicio las 24 horas, clases de artes marciales que no había oído en mi vida (uno de nuestros instructores era de un mundo en el que Japón se había unido con Indochina para crear, entre otras cosas, estilos de lucha que hacían que el taekwondo pareciera un baile de salón), técnicas de supervivencia, diplomacia, magia y ciencia aplicadas y un montón de cosas más que no están en la programación de ningún instituto... ni siquiera del Instituto Tecnológico de Massachusetts, a decir verdad.

Tras veinte semanas de comida de InterMundo, ejercicio intensivo, estudio intensivo..., en resumen, de todo intensivo, me quedé más chupado que una barrita de cecina e iba camino de tener la musculatura y los reflejos que había visto anunciados en la contraportada de los cómics viejos y que siempre había soñado con pedir por correo. También tenía la mollera llena de hechos, costumbres y otros secretos que, en teoría, me permitirían pasar por nativo en un buen puñado de Tierras en las que los humanos se parecían a mí.

Por supuesto mis recién adquiridas habilidades de subterfugio e integración no me valdrían de mucho en otras Tierras conocidas, como la de Jakon Haarkanen, quien parecía el producto de lo que habría pasado si un lobo se hubiese cruzado en mi árbol genealógico treinta mil años atrás. Era elegante y asilvestrada, y pesaba como treinta y cinco kilos, todos ellos puro músculo fibroso y recubierto por un oscuro pelaje corto. Era una bromista empedernida: le encantaba colgarse de las vigas del dormitorio de arriba y sorprenderte cayendo sobre ti y tirándote al suelo justo cuando pasabas por debajo. Y aunque tenía los dientes afilados y los ojos de un verde vivo, también se parecía a mí.

Tal y como podréis deducir por mi descripción, Jakon era una de mis primas más lejanas.

En aquel momento me encontraba con Josef Hokun, Jerzy Harhkar y ella en uno de los balcones más altos de Ciudad Base, donde estábamos haciendo una de las escasas pausas del estudio y contemplando una

NEIL GAIMAN Y MICHAEL REAVES

manada de animales muy parecidos a antílopes que atravesaban en estampida un estrecho valle fluvial. Era cerca de mediodía y habían abierto ligeramente las defensas para que corriese algo de brisa por el planeta. A mi lado tenía una idesia cargada de bayas anaranjadas, mientras ante nosotros se extendían parterres llenos de nenúfares gigantes, madreselvas, brotes de flores de Júpiter y loto azul; había también cicas, coníferas y flores que en la mayoría de Tierras no existían desde hacía años. Todas sus fragancias mezcladas bastaban para marearme, sobre todo después de estar respirando el aire filtrado de las plantas inferiores.

Ciudad Base, como las tres o cuatro ciudades-cúpula que sobrevuelan los territorios por donde se extiende InterMundo, no tiene una localización fija sino que flota por medio de una combinación de magia y ciencia sobre mundos en que los humanos todavía se divierten despiojándose los unos a los otros. Era como vivir en un eterno circuito guiado por una reserva natural tamaño planeta, con panorámica tras panorámica de bellezas naturales espectaculares. Pasábamos rozando bosques que ocupaban medio continente; nos quedábamos suspendidos sobre unas cataratas que nunca se llamarían Niágara; contemplábamos a salvo, desde arriba, erupciones volcánicas, tornados, inundaciones...

Hay peores sitios donde tener que ir a clase.

Nos desplazábamos hacia el este y estábamos a punto de cambiar de fase, cosa que ocurría siempre puntualmente. Mientras observábamos el paisaje, el mundo que teníamos ante nosotros parpadeó, se derritió luego y por último se fundió un instante en un fogonazo del paisaje psicótico del Entremedias antes de volver a la realidad. Cuando la aurora se disipó nos vimos flotando sobre una tundra yerma con el sol bien alto sobre nuestras cabezas. Vi una manada de uros en estampida y un puñado de temibles mastodontes afanados en destrozar un gran sauce. Sentí el aire más frío y, conforme nos acercábamos, fui distinguiendo en la distancia precipicios titilantes de glaciares montañosos, resplandecientes cual icebergs bajo el sol.

Era el mismo valle pero en un mundo distinto.

A menudo sorprendemos a los lugareños cuando entramos; de ahí que nos ciñamos a líneas temporales prehistóricas, donde hay menos probabilidades de que nos descubran. Todo forma parte de las medidas de seguridad que InterMundo toma para evitar que Lo Binario y Maldecimal nos encuentre. Las ciudades-cúpula navegan al azar por varios miles de Tierras de la mitad inferior del centro del Arco. Por eso, a pesar de mis habilidades de Caminante del Entremedias, había necesitado ayuda para encontrar el mundo en concreto en que estaba Ciudad Base.

La ayuda me había venido bajo la forma de aquella extraña ecuación que Jay había dibujado con sangre en la arena. Como muchas cosas en InterMundo, funcionaba por una combinación de magia y ciencia.

$$\{IW\}:=\Omega/\infty$$

no era exactamente una ecuación matemática pero tampoco llegaba a ser un conjuro mágico. Se trataba de una ecuación paradójica, como la raíz cuadrada de menos uno; un abstracto combinatorio, un enunciado científico creado con medios mágicos.

$$\{IW\}:=\Omega/\infty$$

era un talismán memético que todos llevábamos en nuestras cabezas y solo en ellas, y que nos permitía volver «a casa» a través de las últimas capas de realidad para llegar a Ciudad Base, estuviera donde estuviese. Era una llave, y para abrir el cerrojo tenías que ser un Caminante. Los barcos voladores impulsados con energía de Caminantes embotellados no podían acceder, ni tampoco las naves espaciales que surcaban el Estático del bajo espacio propulsadas por Caminantes muertos en un 99 por ciento y criogenizados. Hay que ser un auténtico Caminante para llevar la llave en la cabeza, lo que hace que sea casi imposible que ambos imperios encuentren InterMundo. O al menos, así era en teoría.

Todo eso explicaba la sensación de seguridad que nos permitía sentirnos a gusto allí fuera al aire libre, mientras los cuatro nos hacíamos preguntas sobre los exámenes del día siguiente: teoría básica de asimetría multifásica en planos de realidad polarizados y ley del trapezoide indeterminado vista en la ceremonia de los Nueve Ángulos.

A pesar de que habían pasado ya cinco meses la mayoría de reclutas seguían mostrándose fríos conmigo. Ya no me dejaban solo en la mesa del comedor pero tampoco era que viniesen corriendo a sentarse conmigo; y, si bien me hablaban y eran educados, seguía notando cierta reserva que no podía ignorar. Era uno de ellos…, es más, era ellos, y uno no puede odiarse para siempre. Aunque tampoco tienes por qué gustarte todo el tiempo. Lo cierto es que había aprendido a vivir sabiendo que nunca ganaría el premio a la popularidad. Las tres versiones distintas de mí mismo —el término que empleaba nuestro preparador del primer curso de niveles de realidad era «paraencarnaciones»— que estaban conmigo en el atracadero eran lo más parecido a amigos que tenía, lo cual los colocaba más o menos en la categoría de «no enemigos».

—Bien, enumera los atributos que permanecen constantes cuando se cambia de plano —le pedí a Josef.

—Em… —titubeó mi compañero, y se rascó la nariz—. ¿Todos?

—Pero si son solo cuatro.

Era oriundo de una Tierra más densa que la mía y tenía por tanto un campo gravitacional mayor. La constitución de Josef semejaba un tonel con patas y probablemente era más fuerte que ningún otro humano. Una vez me lo explicó; me habló de ligaduras de tendones más anchas, proporción aumentada de músculo estriado y liso, mayor densidad ósea, etcétera. Lo único que sabía es que me doblaba en altura y tenía fuerza suficiente para darse la vuelta y levantarse por detrás.

—Simetría, quiralidad, correspondencia y… em…

Tenía cara de poder ganar a un gólem a las damas, siempre y cuando alguien le tapase los ojos al bicho. Aunque lo cierto es que era bastante listo… tenía que serlo para estar a la altura del resto de Joeys.

—¿Te rindes?

—Lateralidad no es, ¿verdad? —preguntó sin mucho entusiasmo.

—Sí, es eso.

—Me toca —intervino Jerzy—. ¿Qué son los isorritmos subliminales y cómo afectan a los Caminantes?

—Esa me la sé… —respondí—. Espera, no me lo digas…

Jerzy hizo una mueca y dijo:

—No te preocupes que no pienso hacerlo.

Estaba mucho más cerca de mí en la autovía evolutiva. La principal diferencia entre la humanidad de su mundo y la mía era que en su caso la gente tenía plumas en lugar de pelo. Ah, y que las mujeres ponían huevos en vez de gestar a los hijos en su vientre. Es probable que esté relacionado. No dejaba de sorprenderme al ver aparecer a Jerzy a la vuelta de la esquina: tenía la cara muy parecida a la mía, si bien con los pómulos y la nariz más afilados y los párpados caídos y suaves, mientras que su pelo consistía en coloridas matas de plumas de unos veinte centímetros de largo con las puntas de un escarlata fuerte. A grandes rasgos era una persona muy brillante, muy rápida y mordaz. Probablemente era lo más parecido a un amigo que tenía en varios millones de Tierras.

—Un isorritmo es algo relacionado con lo altas que son las cosas, y los subliminales son los que permiten a los Caminantes ir de un mundo a otro sin acabar a siete metros bajo el suelo. Es lo que nos mantiene a flote vayamos adonde vayamos.

Hizo un gesto extraño y dijo:

—Bueno, sí, más o menos. Pero tienes que afinar mejor las palabras. Eh, ¿habéis visto eso de ahí arriba?

—¿Dónde? —Yo no había visto nada.

—Algo ahí arriba en el cielo. Parecía… No sé… Una especie de burbuja… Pero ha desaparecido.

Escruté el cielo azul pero no vi nada.

En la última semana se habían sucedido los exámenes y había tenido que quedarme despierto hasta tarde, después de todo el entrenamiento físico del día. El programa de ondas delta al que nos sometían durante las tres o cuatro horas que dormíamos de media (y eso con suerte) ayudaba, pero no quedaba más remedio que combinarlo con un poco del hincar los codos de toda la vida si se quería aprobar. Nunca en mi vida había trabajado tanto... tenía la sensación de que me ardía el cerebro. Me despertaba a medianoche murmurando «movimiento perpetuo y piedra filosofal», o «es una entidad ctónica» o «el bajo espacio (también conocido como "Estático") y el Noquier no son más que caras de percepción a noventa grados el uno del otro». Estudiaba demasiado, y los demás tampoco se quedaban atrás.

Entonces, para empeorar las cosas, empecé a tener problemas con J/O HrKr. Se parece bastante a mí, es decir, guarda cierto parecido conmigo: una cabeza algo más pequeña, de la misma altura que yo a su edad, misma nariz, mismas pecas. Aparentaba unos once años y era más joven que yo —y que casi todo el mundo—, y tal vez eso era lo que le irritaba. Al menos a una parte de él, porque en realidad era un medio ordenador o, como él lo llamaba, una «entidad bionanótica». En su mundo todos eran así.

—Tiene sentido —me comentó un día que estábamos haciendo una sesión en la zona de riesgo—. Al fin y al cabo, tú llevas un reloj en la muñeca, así que ¿por qué no iba yo a llevar esa misma información en un visor retinal?

Me lancé hacia delante y rodé para esquivar un amasijo de cables de acero que salió de repente del suelo sobre el que pisábamos. Los cables se combaron hacia J/O y se extendieron para envolverlo. Levantó la mano derecha, que tenía recubierta por una capa de malla metálica, y se produjo una luz rubí cegadora y un sonido como de panceta chisporroteando en la sartén; y cuando se me aclaró la visión no quedaba nada de los cables salvo cabos ennegrecidos y olor a ozono.

—Por mí como si te pones un reloj de sol en la cabeza —le dije, al tiempo que daba una voltereta hacia atrás para esquivar una llamarada que surgía de la pared—. Yo solo digo que no es justo que tú saques microimágenes de los libros de texto y te las almacenes en tu ROM, mientras nosotros tenemos que memorizarlos.

—Eso es problema tuyo, caracarne —me dijo—. Yo tengo el mejor sistema: silicona e ingeniería de espín molecular en vez de proteínas, nucleótidos y conexiones nerviosas. Es el futuro, chaval.

Menudo plasta. Se comporta como si él lo hubiese inventado todo, en lugar de simplemente venir de una cultura donde nada más nacer te inyectan ordenadores y máquinas del tamaño de una molécula de agua. Aunque la Tierra de J/O no es un satélite de Binario —de momento—, está mucho más avanzada que la Tierra de la que yo provengo.

Cuando terminamos los exámenes (y no, nunca nos dieron las notas, cosa que todavía sigue reventándome), nos llevaron a la sala de juntas a los 110 alevines, y volví a ver al Abuelo por primera vez desde que hiciera el juramento en la enfermería.

Me pareció mayor.

—Bienvenidos, damas y caballeros —nos saludó—. Ahora estáis todos preparados para participar en la gran lucha.

»No paran de surgir nuevos mundos, algunos en los que impera la ciencia —vi cómo J/O alzaba la cabeza bien alto, orgulloso—, y otros en los que la magia es la fuerza motora. La mayoría de los mundos son una mezcla de ambas cosas. Aquí en InterMundo las consideramos igual de respetables. Lo que no podemos consentir es la actitud tanto de Maldecimal como de Lo Binario, ya que los dos pretenden imponer en otros mundos su sistema de creencias y sus métodos de realidad, bien recurriendo a la guerra la mayoría de las veces, bien, en ocasiones, por medios más sutiles.

»La razón de ser de InterMundo es mantener el equilibrio. Somos un grupo guerrillero, y nos superan tanto en número como en armas. En una confrontación directa nunca podríamos ganar a ninguno de los bandos. Pero tampoco es lo que queremos. Sin embargo, podemos ser el azúcar en el depósito de gasolina, el chicle en la silla y el clavo por el que se pierde una herradura.

»Protegemos el Altiverso y mantenemos el equilibrio. Esa es nuestra misión: contener las mareas gemelas de la magia y la ciencia y asegurar la combinación de ambas allá donde podamos.

»Queridos reclutas, habéis superado el grado uno de entrenamiento básico y os felicito por ello. Buen trabajo. Mañana os dividiréis en equipos y seréis destinados a misiones de entrenamiento. Será parecido a estar en una operación de campo real, salvo porque, naturalmente, no correréis ningún peligro auténtico. Iréis a Tierras amigas o neutrales y se os asignará un objetivo alcanzable, cuando no directamente fácil, dentro de un tiempo estipulado. Tendréis veinticuatro horas para completar la misión y regresar a la base.

»Cada equipo constará de cuatro reclutas y un operario más experimentado, por si algo va mal..., cosa que, me apresuraré a añadir, no ocurrirá...

Después del discurso me senté al lado de Jerzy en el comedor.

—¿Alguna vez te entra morriña? —le pregunté.

—¿Por qué iba a entrarme? —me preguntó desconcertado—. Si no estuviese aquí, tampoco estaría en mi casa: habría muerto. Le debo la vida a InterMundo.

—Es cierto —le dije, sintiendo cierta envidia, porque yo sí que tenía nostalgia todo el rato, a veces hasta el punto de tener un dolor en la barriga que disparaba mis biosensores y preocupaba a los médicos. Pero no pensaba admitirlo, de modo que cambié de tema—. Ojalá nos pongan juntos mañana en el ejercicio de entrenamiento.

—¿Por qué elucubrar y cogitar de esa manera fútil —dijo una voz suave a nuestras espaldas— cuando con tan solo desplazarse hasta el tablón informativo en las profundidades del pasillo podríais poseer el pleno conocimiento de todos los hechos? —Jai inclinó la cabeza, sonrió y se fue.

—¿Ha dicho que ya han colgado la lista con los equipos? —me preguntó Jerzy.

—Eso creo —respondí, y ambos salimos corriendo hacia el tablón de anuncios, donde se apiñaban ya el resto de reclutas, que copiaban la información importante en sus cuadernos y se gritaban cosas como «¡Uau! Estoy con Joliette, será mejor que lleve ajo» o «Eh, Jijoo, ¡nos ha tocado juntos!».

Jerzy sacudió la cabeza y graznó.

—¡Me ha tocado en el equipo del Abuelo! —me gritó.

Al parecer el comandante también se haría cargo de un grupo de cuatro reclutas. Sentí envidia pero a la vez un poco de alivio de que no me hubiese caído a mí: el Abuelo seguía dándome miedo. A J/O también le tocó con él, así como a J'r'ohoho. Este último era un centauro, y la semana anterior nos había amenazado con que, si volvía a oír en el comedor frases del tipo «me comería un caballo», nos haría un tatuaje de herradura en la cara. Supuse que el Abuelo habría elegido a los alumnos más prometedores para su equipo, y la verdad es que no me sorprendió que no me hubiese escogido; no podía culparlo.

El operario experimentado de mi equipo era Jai, una persona enigmática que una vez se describió a sí mismo como «sesquipedálico». «Significa que utiliza palabras de muchas sílabas», explicó en su momento J/O, que podía consultar varios diccionarios en su cabeza.

Aparte de mí, estaban Josef, más grande que un toro, la alada Jo, que no había vuelto a hablarme desde aquel día en el precipicio pero que tampoco me ignoraba activamente, y Jakon, la chica lobo. Me podía haber tocado un grupo peor.

En ese momento sonó el timbre y todos salimos en estampida hacia el laboratorio de prácticas de taumaturgia.

La alarma sonó media hora antes del amanecer y me despertó de un sueño inquietante en el que me había mudado con mi familia, por alguna onírica razón, al Entremedias. Pasé de intentar subir las escaleras del vestíbulo, que se habían convertido en un aguafuerte de Escher, a sufrir una charla de mi madre en la que me decía que si sacaba malas notas vendrían unos demonios y me comerían. Tenía un aire muy picassiano, con ambos ojos a un lado de la nariz, mientras que Jenny se había convertido en una chica lobo y el renacuajo en una rana de verdad que vivía en una charca. La verdad es que me alegró salir de la cama.

Hicimos cola para las gachas de avena, salvo mis paraencarnaciones carnívoras, que tomaron carne de uru, bien cocinada o, como en el caso de Jakon, cruda. Después recogimos nuestros pertrechos y nos reunimos en la explanada en grupos de cinco.

Los equipos a los que les iban dando el visto bueno para marcharse se perdían de un salto en el Entremedias.

Pero entonces salió corriendo del despacho del Abuelo su ayudante y lo llamó. Su grupo estaba muy cerca del nuestro, de modo que le oí decir:

—¿No pueden? ¿Ahora? Bueno, si no hay más remedio… Cuando llaman los de arriba… Diles que voy enseguida.

—¿Puedes llevar a uno más? —le preguntó la ayudante a Jai.

Nuestro superior asintió. Ya tenía el sobre sellado con las órdenes para nuestra misión de entrenamiento.

El Abuelo volvió con su grupo, le dio la noticia y luego fue señalando distintos puntos de la explanada.

Por un momento albergué la esperanza de que asignaran a Jerzy a mi grupo, pero fue J/O quien vino hacia nosotros.

—Eh, equipo nuevo —nos saludó—. Bueno, yo estoy listo. Los que van a morir y esas cosas…

—No digas eso ni en broma —le regañó Jai, que me dio una palmadita en el hombro: significaba que yo sería el Caminante del grupo—. Emprende nuestra excursión intradimensional.

—¿Cómo? —preguntó Jo.

Jai sonrió y se explicó:

—Que nos saques de aquí.

Respiré hondo, abrí una puerta a la locura con la mente y, en fila india, fuimos internándonos en el Entremedias, donde hacía frío y sentí un ligero sabor a vainilla y leña quemada al Caminar.

Capítulo 11

*H*abía vuelto al Entremedias en varias ocasiones desde mi primera incursión aterradora; para entrenarme, pulir mi habilidad para encontrar entradas y salidas, aprender en qué superficies no debía pisar (los grandes discos malvas que surcaban el espacio a modo de frisbees grandes como coches parecían un transporte muy cómodo, pero en cuanto ponías el pie encima te succionaban como voraces arenas movedizas) y cómo reconocer a los fóvims y otros peligros. Aquel sitio seguía sin gustarme, era demasiado extraño e inestable. En una de las muchas clases de supervivencia la instructora describió la navegación por el Entremedias como «imponer por intuición órdenes direccionales en un hiperpliegue fractal incoado». Yo comenté que a mí me recordaba más a intentar encontrar un camino en medio de una lámpara de lava gigante, a lo que ella me respondió que, para el caso, era lo mismo.

Pero, me creáis o no, había formas de atravesarlo y salir por donde querías. No era fácil, y menos para alguien como yo, a quien le costaba llegar a la tienda de la esquina en una cuadrícula de dos dimensiones como era la superficie de mi Tierra. Aunque nadie estaba muy seguro de cuántas dimensiones comprendía el Entremedias, los cerebros más brillantes de Inter-Mundo habían determinado que existían al menos doce, y posiblemente otras cinco o seis replegadas en varios rincones y recovecos subatómicos. Estaba lleno de hiperboloides, cintas de Moebius, botellas de Klein…, lo que daban en llamar formas no euclidianas. Uno tenía la sensación de estar atrapado en las peores pesadillas de Einstein. Desplazarse por él nada tenía que ver con mirar una brújula y decir «Por aquí»; no había solo cuatro direcciones, ni ocho ni dieciséis. Había un número infinito de formas de ir a un punto, y hacía falta concentrarse, como para encontrar a Wally en medio de la selva. Es más, había que echarle imaginación.

En cuanto entramos por el portal (que esa vez se parecía a las puertas giratorias de unos grandes almacenes, solo que con los cristales de colores y salpicados de gotas), nos encontramos sobre la cara de un dodecaedro gigante donde Jai procedió a abrir las instrucciones. Sacó un papel y tiró el sobre (al que le salieron alas y se fue volando; es muy difícil dejar basura en el Entremedias). Tras echarle un vistazo a la carpeta con las órdenes, nos dijo:

—Tenemos que avanzar hasta las siguientes coordenadas —anunció, y pasó a leerlas—. Se trata de uno de los mundos neutrales de la confederación Lorimare. Una vez allí, recuperaremos tres antorchas que han sido colocadas en un perímetro de un kilómetro cuadrado y medio desde nuestro punto de partida.

Cogí la hoja y la leí. Se pueden deducir ciertas cosas sobre el destino con solo ver las coordenadas. Si se piensa en el Arco —lo que llamamos el Altiverso— como uno de caza, más grueso por el centro y más fino conforme se acerca a las puntas, aquella Tierra en concreto se encontraba hacia la mitad de la curva, en la parte más ancha. Los mundos de los extremos eran o muy mágicos o muy tecnológicos, mientras que la diferencia se hacía más difusa hasta llegar a solaparse cuanto más al centro estuviesen. Más allá de los extremos, Lo Binario y Maldecimal gobernaban millones de Tierras donde no había lugar para la ambigüedad; sin embargo, a medida que se avanzaba hacia el centro más se relajaban sus cepos de hierro. Había Tierras donde gobernaban en la sombra unos u otros y sus cabezas visibles eran o los *illuminati* o los tecnócratas. Por otra parte, había mundos cuyas civilizaciones se basaban en la ciencia o la brujería pero no habían sido asimiladas por ninguno de nuestros enemigos. Mi Tierra era de esas, y un poco más avanzada en la curva de la ciencia que la de la magia. El mundo al que nos dirigíamos se encontraba más cerca aún del centro del Arco y su balanza civilizacional se había inclinado pronto hacia la ciencia, aunque también podría haberlo hecho hacia el otro lado, hacia la magia.

Jai me señaló una vez más y me ordenó:

—Por favor, escóltanos hasta nuestro destino verídico, Caminante.

Asentí, ajusté las coordenadas en mi cabeza y dejé que me llevasen de un lado a otro, como una varilla de zahorí psíquica. Apunté hacia el nódulo de salida que quería, a un toroide a cuadros que palpitaba en el extremo de lo que parecía un campo ondulante de barritas de tofu. Luego fuimos saltando de uno en uno desde el dodecaedro hasta un neumatóforo que flotaba en una mansa corriente dorada. Estaba a punto de llevarlos de allí al toroide, cuando de repente algo pasó zumbando junto a mi cabeza y dejó tras de sí una estela multicolor.

—¡Un fóvim! —gritó Jakon—. ¡A cubierto!

Su naturaleza hizo que ella misma ignorara su propia orden, se pusiera a cuatro patas y gruñera como un lobo, mientras olisqueaba de dónde provenía el peligro.

Jo, Jai y Josef la imitaron al tiempo que J/O se agachó, levantó su brazo láser y rastreó el lugar con su radar ocular intentando localizar la amenaza. Se quedó desconcertado cuando me puse delante de su línea de tiro y grité:

—¡Espera! ¡No dispares! ¡Es amigo mío!

El resto me miró con el mismo asombro.

—¡Es un fóvim! —exclamó Jai, aunque intentando no ofuscarse ante el estado de emergencia—. Son todos peligrosos.

J/O intentó rodearme para poder dispararle a Tono. Me desplacé para evitarlo mientras el ser burbuja escrutaba angustiado por encima de mi hombro.

—Es el morador del Entremedias del que os hablé. El que... —Me detuve al darme cuenta casi demasiado tarde de que no era el momento de recordar lo que le pasó a Jay—... el que me salvó la vida. —Terminé la frase como pude—. Confiad en mí, no os hará ningún daño.

Aunque mostraron cierta reticencia, al final mis camaradas fueron saliendo poco a poco de sus escondites. Tono tuvo la prudencia de quedarse detrás de mí. Le hablé con mimo, para darle un poco de ánimo:

—Eh, Tono, ¿cómo va eso? Me alegro de verte otra vez. Ven, que te voy a presentar a la peña.

Ese tipo de cosas. Su tonalidad se avivó pero no se apartó de mí más de unos centímetros. Su escala cromática palpitó con colores ansiosos, la mayoría en tonos morados con vetas turquesas.

—Mirad —les dije al resto—, ya casi hemos llegado al portal, y Tono no va a salir del Entremedias.

Me abstuve de mencionar que Jay y yo lo habíamos visto por primera vez en un mundo limítrofe, de los que tienen algunas características del Entremedias pero que, en resumidas cuentas, era más parecido a la realidad normal. Esperaba que Tono no pudiese abandonar por completo el Entremedias. Al fin y al cabo era un fóvim, una forma de vida multidimensional, circunstancia esa que debía impedirle comprimirse cómodamente en las cuatro dimensiones de los planos terrestres. Sería como intentar meter un pulpo gigante en una lata de sardinas, o eso esperaba...

—Bueno —concedió Jai con cierta reserva.

Todos se apiñaron a mi alrededor, a pesar de que ninguno tenía muchas ganas de estar cerca de Tono.

—¿Y ahora adónde vamos? —preguntó Josef.

—Por allí. —Señalé un donut a cuadros escoceses y a continuación Jai saltó por él con los pies por delante. Uno a uno fueron imitándolo hasta que me quedé a solas en el Entremedias.

Me volví hacia Tono, que seguía flotando a mi lado, tornasolado en azules y verdes de alegría.

—Lo siento, coleguilla, pero tengo unos asuntos pendientes en el mundo real. A lo mejor nos vemos a mi vuelta.

En realidad lo dudaba bastante: las probabilidades de encontrármelo de nuevo en la inmensidad inescrutable e inubicable del Entremedias eran, como mucho, de cero... Lo que significaba que él había tenido que buscarme y localizarme de algún modo...

La idea me conmovió en la misma medida en que me turbó. En mis estudios no había leído nunca nada sobre fóvims que buscasen a alguien, o que desarrollasen afectos. Con todo, teniendo en cuenta que la suma de todo lo que se sabía sobre ellos quedaría holgada en el ombligo del virus de la gripe, tampoco había de qué extrañarse.

Aun así le había cogido cierto cariño a la criaturita y albergué la esperanza de que se quedara esperándonos allí.

—Adiós, Tono —me despedí antes de lanzarme por el donut...

...y atravesar el portal que se cerró hasta el tamaño de una cabeza de alfiler y se desvaneció tras de mí. Pero justo antes, una diminuta pompa de jabón se coló por él, se expandió rápidamente hasta el tamaño de Tono y cayó hacia donde yo estaba.

Al principio no reparé en su presencia porque, como solía pasarme, mi barriga se había confabulado con el resto de vísceras para amotinarse y me llevó un minuto aplacarla. Luego mis oídos internos negociaron un tratado de independencia y por fin pude ponerme en pie, aunque algo tambaleante, y mirar a mi alrededor.

Me fijé en las caras de mis compañeros un instante antes de ver a Tono.

—Dijiste que no saldría del Entremedias —me reprochó Jo.

Me encogí de hombros mientras Tono se parapetaba tras ellos, en lo que estaba convirtiéndose en su posición típica.

—¿Qué queréis que os diga? No sé cómo quitármelo de encima. Si alguien tiene alguna sugerencia, soy todo oídos.

Como nadie dijo nada, Jay decidió que era mejor concentrarse en la misión y ponerse a buscar la primera antorcha. Me dispuse a advertir a Tono de que se portase bien pero las palabras no me salieron de la garganta cuando divisé lo que tenía a mi alrededor.

Era una visión impresionante: estábamos en un tejado sobre un paisaje urbano que no podía parecerse más a la portada de un viejo cómic de ciencia-ficción. Torres esbeltas y elegantes como mezquitas se levantaban con una majestuosidad que recordaba mucho a Manhattan y se conectaban por medio de toboganes y tubos de papel cebolla. Coches voladores —biplazas deslumbrantes en forma de lágrima— despegaban de aeródromos y surcaban el aire libre.

Sin embargo ninguno quiso quedarse mucho tiempo admirando las vistas porque, aunque aquel mundo no parecía especialmente peligroso, tampoco lo parece una serpiente coral, con sus hermosos colores esmaltados, y acaba mordiendo. A casi un metro teníamos una especie de templete redondeado, fabricado en un metal reluciente y rematado con veletas art déco. En un letrero ponía «hueco del ascensor» (por suerte en aquella tierra utilizaban una forma idiomática legible). La puerta corredera estaba cerrada y no parecía haber rastro alguno de un mecanismo de apertura.

—Dejadme a mí —intervino J/O, que acto seguido apuntó con su brazo láser a la intersección entre la puerta y el templete—. Mirad cómo reviento esta belleza.

—¿Eres irremediablemente antisocial? —le reprendió Jai—. Somos forasteros en esta localidad. La destrucción gratuita de propiedades particulares se consideraría vandalismo injustificado.

A continuación nuestro superior cerró los ojos y tocó la puerta, que se abrió al instante. No había ascensor alguno, solo unos peldaños metálicos por los que empezamos a descender, planta tras planta, con los refunfuños de fondo de J/O, contrariado porque no le habían dejado usar su brazo láser. Tono nos siguió levitando sobre nuestras cabezas. En una ocasión en que se acercó demasiado a Jakon, el gruñido lobuno de esta le hizo retroceder seis metros hacia arriba por el hueco. Me pregunté cómo algo tan indefenso lograba sobrevivir en el Entremedias.

Mientras descendíamos, Jai sacó un dispositivo del tamaño y la forma de un dedal y se lo puso en la palma de la mano. Al cabo de unos instantes empezó a flotar en el aire, con un pequeño LED que parpadeó varias veces y señaló hacia el frente.

—Ubicador activado —anunció—. El objeto de adquisición reside en la antepenúltima planta de este inmueble.

—¿Te costaría mucho recortar un poco el número de sílabas cada vez que quieras decirnos algo? —le pidió Jo, que no podía evitar mover las alas de la irritación.

—Eso —terció J/O—. Tengo el último chip del Merriam-Webster con veinte teras de diccionarios, tesauros, glosarios y qué sé yo, compatible con sesenta planos de realidad, y aun así algunas frases tuyas siguen dándome error.

Jai sonrió alegremente y repuso:

—¿De qué sirve el vocabulario si no se usa?

En ese momento la puerta se abrió y uno por uno fuimos entrando a un laboratorio tan reluciente, pulcro y equipado que el doctor Frankenstein se habría echado a llorar de la envidia. Al igual que el resto de la ciudad, aquel sitio parecía haberse construido hacia 1950 para luego saltarse unas cuantas décadas y aterrizar a finales del siglo XXI. Un sinfín de luces lo iluminaba todo desde el alto techo y arrojaba un resplandor demasiado deslumbrante. En una pared se sucedía una hilera de puestos con ordenadores y enormes rollos de cinta magnética. Había asimismo condensadores, terminales de electrodos que de vez en cuando crujían por la energía, unidades refrigerantes muy voluminosas y otros aparatos que no supe reconocer.

Por extraño que parezca, a pesar de toda aquella maquinaria activa, no había nadie. Jakon nos lo hizo ver pero Jai se encogió de hombros y dijo:

—Tanto mejor para nosotros. —Luego fue repasando el cuarto con el dedo hasta que la luz del dedal se estrechó en una línea recta—. Ahí arriba —nos señaló.

«Ahí arriba» era en lo alto de varias estanterías de unos seis metros, a dos tercios de la altura de la sala aproximadamente.

—Yo la cojo —se ofreció Jo, que sin más se adelantó, extendió las alas (cuidando de no rozarse con la corriente chirriante de un generador de Van de Graaff) y se elevó.

Al verla alzarse con una gracia increíble en aquellas plumas blancas de metro y medio, pensé que la Tierra de la que provenía debía de ser lo más parecido al Cielo de todo el Altiverso.

Jo se detuvo, se quedó suspendida en el aire y rebuscó tras varios objetos. Tono parecía fascinado por la habilidad de la chica para volar, pero acompañó su curiosidad de cautela y se limitó a mantenerse apartado y observar. La chica alada sacó un pequeño trasto que parecía parpadear, aunque tampoco lo veía bien porque los flashes parecían casi ultravioletas, en un extremo de la luz visible. Resultaba en cierto modo desazonador, y no pude evitar apartar la vista y mirar más allá de la consola de control y del monitor para atisbar por una ventana.

Había algo que me tenía intranquilo aunque no lograba saber qué…

Como el laboratorio estaba a solo tres plantas del tejado, divisaba casi toda la ciudad por la ventana. Oí el aleteo de Jo al aterrizar detrás de mí y aquella vaga sensación de desazón que tenía en el fondo de la cabeza empezó a tomar fuerza cuando mi compañera le tendió la antorcha a Jai.

—Una menos, solo faltan dos —dijo Jakon, o más bien, medio dijo, medio gruñó.

—La prueba debe de tener algo más de miga —rumió Josef, que parecía decepcionado.

Y yo quise decirle «Y la tiene, seguro que la tiene… No bajéis la guardia», pero no sabía bien por qué. Y justo entonces, al ver descender en picado uno de aquellos pequeños artefactos voladores, lo supe.

Pero era demasiado tarde.

Me giré en redondo y acerté a decir:

—¡Nos han tendido una trampa! —Pero hasta ahí llegué, porque entonces todo…

… cambió.

Fue como ver una onda que empezaba en la antorcha de la mano de Jo, una ola que se extendió en todas direcciones y lo bañó todo a su paso, incluidos nosotros. No sentí nada más que un frío pasajero y cierta desorientación, y tampoco pareció afectar a ninguno de mis compañeros.

Aunque sí al resto de cosas. Aquella onda que no paraba de crecer se convirtió en una marea transparente que pasó por encima de los aparatos y la parafernalia científica y lo transformó todo a su paso. La claridad despiadada dejó paso a la luz amarilla y parpadeante de unas velas. Un monitor de vigilancia de largo alcance se rizó y se convirtió en una bola de cristal, mientras que un estante de sustancias y soluciones químicas en retortas y tubos de ensayo se transformó en un armario de roble con cazuelas de barro y ampollas llenas de polvos, sales y elixires varios. Por su parte, una cámara de contención de radiación y material tóxico se transmutó en un círculo de ladrillos dorados plantados en el suelo y grabados con símbolos cabalísticos de protección. La ola, que era ya más bien una burbuja expansiva, con nosotros en el medio, aceleró conforme fue creciendo y en cuestión de segundos el laboratorio futurista pasó a ser el sanctasanctórum de un hechicero.

Y la cosa no se quedó ahí. Al mirar por la ventana vi cómo la ola se expandía en todas direcciones por la ciudad, como la explosión radiactiva de una bomba nuclear. Los rascacielos modernistas y sus agujas se retorcieron, se ondearon y se convirtieron en torres góticas de mortero. Los toboganes y los tubos aéreos se esfumaron, mientras que los coches voladores se metamorfosearon en seres alados emparentados con el dragón que llevaban pasajeros humanos en su lomo.

En cuestión de un minuto o menos la resplandeciente ciudad de ciencia-ficción se transmutó en un pueblecito medieval, con su castillo en el centro y nosotros en su torre más alta. Hasta la ventana por la que estaba mirando era ahora un orificio con barrotes cruzados en lugar de cristales. Todo había cambiado.

«No —pensé entonces—, cambiado no.» No se podía cambiar lo que siempre había sido, y aquel había sido siempre un mundo regido por la magia, no por la ciencia. Mi subconsciente se había dado cuenta cuando Jo había volado para coger la antorcha; sus alas eran demasiado pequeñas para soportar su peso en términos de elevación y presión aérea. El pueblo de Jo había evolucionado en un mundo en que la magia flotaba por doquier, y ella solo podía volar cuando ese poder transmundano estaba presente.

Como allí.

—¡Volvamos al tejado! —grité y, al volverme hacia el hueco del ascensor, me encontré en su lugar con una escalera de caracol llena de guardias con lanzas, espadas y ballestas apuntadas contra nosotros.

Me llamé idiota con todos los sinónimos que se me ocurrieron. ¡Con razón no se veía a nadie salvo a los que volaban a lo lejos en los coches! ¡Y con razón toda la ciudad estaba tan reluciente! Habían echado un glamour por todo el tinglado exclusivamente para nosotros: un hechizo de visión para hipnotizarnos la vista y el cerebro y que viésemos una fachada falsa. Al coger la primera antorcha —un talismán encubierto, seguramente— habíamos activado la disolución del hechizo y habíamos avisado a Maldecimal de que habíamos caído en sus redes.

¡Con razón todo había sido tan fácil!

Tono planeó ansioso por encima de nuestras cabezas cuando los guardias armados se hicieron a un lado para dejar paso a dos personas a las que tenía la esperanza de no volver a ver en mi vida: Scarabus, el increíble Hombre Viñeta, y Neville, aquella versión a tamaño natural, andante y parlante de la maqueta del cuerpo humano que me habían regalado unas Navidades. Cuando bajaron por las escaleras cada uno se apostó a un lado de la entrada, como esperando a alguien; no me costó mucho adivinar quién sería.

Se oyó un frufrú de sedas y una figura encapuchada se materializó desde la oscuridad de la escalera de la torre. Avanzó bajo la luz fluctuante de los candelabros, se retiró la capucha de la cara y nos repasó con la mirada hasta detenerse en mí y sonreír.

—Vaya, volvemos a vernos las caras, Joey Harker —me dijo lady Índigo—. Qué sorpresa más agradable. ¡Y qué detalle, esta vez te has traído a unos amiguitos!

Capítulo 12

—¡*P*oneos detrás de mí! —gritó Jai demostrando una vez más que era capaz de decir lo más apropiado en el momento justo.

Suspendido como estaba a unos quince centímetros del suelo, en ese instante alzó ambas manos y una especie de enorme paraguas translúcido tomó forma ante él. Según me contó una vez el propio Jai, sus habilidades psicoquinéticas no dependían ni de la magia ni de la ciencia, aunque eran más fuertes en los mundos mágicos; de hecho, las había calificado de «espirituales». En fin… Yo me conformaba con que mantuviesen a raya a lady Índigo.

Una lluvia de flechas de ballesta se abalanzó contra el escudo paraguas, se ralentizó en el aire y cayó al suelo desprovista de toda fuerza.

Lady Índigo hizo una floritura con la mano y de su palma surgió una llama bermellón, que se llevó a los labios, sopló e hizo que el fuego saliera disparado contra nuestro escudo. Al chocar explotó en una especie de llama carmesí almibarada. Jai parecía estar apretando los dientes y empezó a sudar y, al poco, lentamente, a temblar. La energía que estaba empleando para mantener el escudo estaba pasándole factura.

Luego sonó un «¡pop!» y el escudo se desvaneció en una llamarada carmesí y Jai se desmoronó en el suelo.

Oí un gruñido y me volví para ver cómo Josef había cogido a Jakon, la chica lobo, y la había lanzado escalera arriba como si fuese una bola de bolos. Se parecía a un juego que habíamos jugado en la base central, solo que ahora era real. Tumbó a una docena de arqueros con sus volteretas gimnásticas y se apresuró a volver dispuesta a derribar también a Neville; sin embargo, al impactar contra la carne gelatinosa, se quedó petrificada, como si le hubiese picado una medusa. Neville la cogió como si fuese un juguete, la sacudió con fuerza y la dejó caer. Nuestra amiga no volvió a moverse.

Josef gruñó y embistió al hombre de gelatina en lo que pareció la carga de un tanque, pero nuestro enemigo apenas se inmutó. Probó entonces a hundir con fuerza el puño en el barrigón del otro, que simplemente se distendió a cámara lenta sin mayor repercusión.

El hombre medusa se carcajeó con una risa embarrada y burbujeante.

—¡Han mandado a niños a luchar contra nosotros!

Al cabo extendió las manos y su carne gelatinosa se disparó y cubrió la cara de Josef. Vi a mi amigo debatirse por respirar, con los ojos hinchados, pero al poco también él se derrumbó.

Jo se impulsó hacia arriba y voló hasta las vigas del techo, donde se resguardó de las flechas en una esquina.

Lady Índigo chasqueó los dedos y Scarabus se arrodilló a sus pies. La bruja le tocó entonces con un dedo un dibujo que le subía por la columna, el tatuaje de un dragón.

Y al cabo Scarabus desapareció y en su lugar surgió un dragón enorme y siseante con el lote completo: alas, patas terminadas en garras y cuerpo de pitón. Aleteó y voló en espiral hacia las vigas, a una velocidad vertiginosa y Jo, aterrada, tuvo que retroceder contra la pared.

Casi con pereza, el animal se enroscó en ella, la estampó contra la pared y regresó al suelo con el cuerpo inconsciente de la chica. Una vez aovillado en tierra firme, se sacudió y volvió a ser Scarabus. Jo estaba tirada en el suelo a su lado.

Todo se quedó en silencio.

Quise hacer algo, pero ¿qué? Yo no poseía ningún poder o habilidad especial como los demás, ni tan siquiera llevaba armas. Ninguno tenía, salvo J/O, que las llevaba de serie. A fin de cuentas, supuestamente estábamos en una misión de entrenamiento.

—Qué monos tus amigos —me dijo lady Índigo—. Y además son todos Caminantes. Ninguno tan poderoso o dotado como tú, pero, una vez hervidos y embotellados, seguro que tiran de un barco o dos. ¿No os parece?

Aunque contarlo lleva un tiempo, todo había sucedido en unos segundos y ya solo quedábamos J/O y yo. Puede que hubiese tenido mis roces con el mocoso —aunque supongo que yo también lo era un poco a su edad—, pero en ese momento solo nos teníamos el uno al otro…, y a Tono, que se había hecho un ovillo del tamaño de un bolo y había adoptado un matiz gris traslúcido aterrador.

—No, no me lo parece —respondió J/O a la pregunta de lady Índigo, y acto seguido la apuntó con su brazo láser, en cuya punta apareció un leve resplandor rubí pero poco más. Decidí que no era el momento de hacer notar que en gran medida la tecnología no funciona en los mundos con sólidos pilares mágicos.

J/O dijo una palabra que debió de sacar de alguno de sus diccionarios mentales, porque desde luego a mí no me la había oído.

Y luego lady Índigo dijo otra que tampoco se encuentra en ningún diccionario, al tiempo que movía mínimamente una mano, lo justo para que J/O se quedase muy quieto y esbozase una expresión bobalicona.

—Llevadlos a las mazmorras —les ordenó a sus soldados—. Que los metan a cada uno en una celda distinta y los encadenen. —Se acercó a J/O y prosiguió—: Acompaña a estos hombres tan agradables hasta la celda que te han preparado y ayúdalos a encadenarte. Cuando te hayas acomodado iré a visitarte.

J/O la miró como un spaniel miraría a un dios. Me asqueé al pensar que yo debía de haber tenido esa misma cara cuando Jay me rescató del barco pirata.

Pero ¿sabéis lo que más me asqueó? Os lo diré: que me dejaran para el último porque no les preocupaba lo más mínimo. Los demás suponían un problema que resolver, una molestia que atajar: yo era una minucia insignificante.

—¿Y yo qué? —le pregunté.

—Ah, sí, nuestro pequeño Joey Harker. —Vino hacia mí y se plantó demasiado cerca, tanto que pude percibir su perfume, una mezcla de rosas y putrefacción—. Qué sincronización más ideal. Tenía la esperanza de cazar a algún Caminante de calidad en nuestra pequeña batida pero tú eres más de lo que podía esperar. Te necesitan en Maldecimal, y cuanto antes. Nos estamos preparando para una buena, y contigo…

contigo podremos propulsar una flota entera de barcos de guerra. Dentro de una hora parte una goleta correo y tú irás de pasajero. Aunque antes tendremos que paralizarte. ¿Scarabus?

El hombre tatuado asintió y dijo:

—Está todo dispuesto, milady.

—Estupendo. —Y nada más decirlo me echó una especie de hechizo.

Supongo que debió de ser de parálisis pero no lo sé a ciencia cierta, porque, antes de que me alcanzase, Tono se interpuso y lo interceptó. Al impactar contra él, el hechizo disparó centellas doradas y se evaporó en la nada.

Tono se puso del mismo color que las toallas esponjosas del cuarto de baño de lady Índigo, y me pregunté si sería algún tipo de broma fóvim.

A ella, sin embargo, no pareció hacerle mucha gracia. Miró a sus esbirros y les preguntó:

—¿Qué clase de cosa es esta? ¿Neville?

—Nunca había visto nada parecido —admitió el hombre gelatina, que a continuación lanzó un gran vaso canopo verde a Tono.

Al tocar la burbuja, el proyectil titubeó por un instante y se quedó congelado en el tiempo y en el espacio para al cabo desvanecerse por completo. La piel traslúcida de Tono cambió de verde a dorada y luego a rosa hasta volverse completamente blanca.

Tono se quedó allí cabeceando en el espacio por unos instantes, como mirando a la gente de la estancia y pensando qué hacer a continuación.

Y entonces cayó en picado sobre mí.

Por un momento rocé su superficie, fría y escurridiza, aunque sorprendentemente nada desagradable… y entonces el mundo explotó.

Vi un montón de cosas a la vez, como superpuestas: vi a lady Índigo y el sótano, el mundo con el glamour científico, a mis compañeros caídos... Pero lo veía desde todos los ángulos, desde arriba y desde abajo, por ambos lados y hasta por dentro. Y era como si pudiese verlos también a través del tiempo, con todas las encrucijadas que los habían llevado a estar allí en aquel momento.

Y desde ahí me deslicé a otro mundo que derrochaba sentido: centrado, cuerdo y completamente lógico. Y supe, en cierto grado, que estábamos en el Entremedias, solo que visto a través de los ojos de una forma de vida multidimensional, tal y como Tono lo veía.

Nuestras mentes se tocaban, y empezaba a atisbar lo que era Tono en realidad...

... cuando...

Me caí en lo que se considera el suelo en el Entremedias y, en ese caso concreto, sobre una fina capa de polvo de cobre que parecía mantenerse unida por la tensión de la superficie. Un tropel de minúsculas espirales incongruentes se desencadenó desde los cielos.

Aquel lugar no tenía ya ningún sentido y eso me aliviaba profundamente. Tono flotaba a mi lado, pendiente de mí; o puede que fuese un Tono del tamaño del estado de Vermont y estuviese a miles de kilómetros de mí, resplandeciendo en una tonalidad azul reconfortante. Moldeó un pseudópodo, lo extendió lentamente en un abanico de formas dactilares, lo desplazó en una media luna de arrepentimiento y después volvió a guardarlo en la burbuja que tenía por cuerpo.

—Gracias por sacarme de allí pero he de volver a por ellos. Son mi equipo.

Si una pompa de colores sin rasgos puede encogerse de hombros, eso fue lo que hizo Tono.

Me concentré entonces en las coordenadas del portal del mundo…

… pero no ocurrió nada. Era como si ya no existiera y las coordenadas hubiesen perdido todo sentido.

Me concentré aún más sin resultado alguno.

—¿Dónde estamos, Tono? ¿Qué ha pasado allí? —El fóvim parecía haber perdido interés en mí. Dio varias vueltas, con una difusa música de carillones, y de repente desapareció—. ¡Tono, Tono! —grité, pero de nada sirvió: el fóvim se había ido.

Intenté una última vez llegar al mundo donde habían capturado a mi equipo pero de nuevo sin resultado alguno.

Con el corazón apesadumbrado, pensé entonces:

$$\{IW\}:=\Omega/\infty$$

y regresé a la base en busca de refuerzos para intentar liberar a los miembros de mi equipo de las garras de lady Índigo.

Al llegar, la base estaba abarrotada de los equipos que regresaban triunfales y con sus antorchas de sus viajes rutinarios. Vi pasar a J'r'ohoho, el centauro, con un chico sobre su lomo que podía haber sido yo.

Corrí hasta la primera oficial que vi y le conté lo sucedido. Palideció y se apresuró a hablar con alguien por el walkie-talkie.

A continuación me llevó a una habitación que estaba detrás de los almacenes y que era lo más parecido que había en Ciudad Base a la celda de una cárcel. Sacó un artefacto bastante similar a la típica pistola de mi Tierra y me ordenó que me sentara en una silla de plástico que constituía el único mueble de toda la habitación, mientras ella fue a apostarse junto a la puerta sin dejar de apuntarme con el arma.

—Como intentes Caminar te vuelo los sesos —me dijo en un tono que no dejaba lugar a la contestación.

Lo peor de todo, sin embargo, era que en algún lugar de la infinitud de mundos posibles, en una mazmorra de piedra al otro lado del foso de un castillo, los miembros de mi equipo estaban encadenados, heridos y abandonados a su suerte.

Capítulo 13

Cuando vinieron a hacerme preguntas, las respondí lo mejor que supe. Aunque se parecía un poco a informar sobre una misión, se trataba sin duda de un interrogatorio.

Se presentaron tres individuos, dos hombres y una mujer; todos eran yo pero en mayores.

Y no pararon de preguntarme lo mismo una y otra vez: «¿Adónde los llevaste?», «¿Cómo escapaste tú?». Y cientos de veces: «¿Dónde están?».

Yo se lo conté todo: que pensaba que había llevado a mi equipo al lugar correcto; que Tono, el pequeño fóvim, me sacó de allí; que intenté volver para salvarlos pero no pude regresar.

—Sabes que ya hemos enviado allí un equipo de rescate y nos han informado de que se trata de un mundo tecnológico normal y corriente, como tantos otros cientos de miles. Nos han contado que tu equipo nunca ha estado allí y que a ti nunca te han visto.

—A lo mejor no fuimos allí, yo solo sé que parecía el sitio del que nos habían dado las coordenadas. Que semejaba un mundo tecnológico pero de repente… cambió. Y nos atraparon. Pero yo no lo hice aposta, ¡lo juro!, ¡yo no hice nada!

Me interrogaron durante horas y, al irse, cerraron la puerta con llave tras de sí.

No lograba entender qué sentido tenía echar la llave: al fin y al cabo, podía buenamente Caminar, pues en los planetas de InterMundo hay portales potenciales por todas partes. Tal vez fuese una cuestión simbólica. En cualquier caso, yo no quería ir a ninguna parte.

Abrieron la puerta a la mañana siguiente y me sacaron de mi celda. Al salir, la luz que atravesaba la cúpula me cegó. Y me condujeron al despacho del Abuelo, donde solo había estado en una ocasión. El escritorio ocupaba gran parte de la estancia y estaba cubierto de montañas de papeles y carpetas. No vi ningún ordenador ni bola de cristal, aunque eso no significaba que no estuviesen allí.

Pese a aparentar unos cincuenta años, el Abuelo es mucho mayor, incluso en tiempo lineal. Se nota que ha vivido lo suyo y que, a pesar de la reconstrucción celular, está bastante estropeado. El ojo izquierdo es una tecnoarquitectura, con luces verdes, violetas y azules que parpadean en su interior. Hay leyendas de todo tipo sobre lo que puede hacer: que si disparar rayos láser y hechizos de transfiguración, que si leerte el pensamiento, que si ver a través de las paredes… ¡escoged vuestra favorita! Quizá lo haga todo… o nada de eso. Lo único que sé es que, cuando te mira, quieres confesar todo lo que has hecho mal en tu vida e inventar otras cuantas cosas más, por si acaso.

—Hola, Joey —me saludó el Abuelo.

—No lo hice aposta; yo no quería perderlos, señor; de verdad. E intenté regresar.

—Eso espero, que no lo hicieses adrede —dijo en voz baja. Se detuvo entonces antes de añadir—: Verás… aquí había gente que, tras la muerte de Jay, tenía sus dudas sobre que recibieses instrucción como Caminante. Les dije que eras joven, impetuoso y sin experiencia, pero que tenías potencial para llegar a ser uno de los mejores. Y que, en cierto modo, tal y como el propio Jay quiso, de ese modo te convertirías en su sustituto. Uno por uno.

»Pero ahora estamos ante un uno por seis… y, bueno, el coste es demasiado elevado. Los llevaste al lugar equivocado, los perdiste, y da la impresión de que saliste corriendo para salvar el cuello.

—Sé lo que parece pero no fue eso lo que sucedió. Mire, puedo encontrarlos…, déjeme que lo intente.

—No. —Sacudió la cabeza—. Lo siento pero no puedo. Hasta aquí hemos llegado. No te licenciarás y, en lugar de eso, te borraremos los recuerdos de este lugar y de todo lo que te ha sucedido desde que dejaste tu Tierra. Además te quitaremos la capacidad de Caminar.

—¿Para siempre? —Si me hubiese dicho que me iban a quitar los ojos, no habría sido peor.

—Eso me temo. No queremos que te hagan daño, y, si vuelves a Caminar, serás como una antorcha. Podrías llevarlos de nuevo hasta tu Tierra…, o incluso traerlos aquí a InterMundo.

»De modo que te enviaremos a tu casa sin molestarnos siquiera en ajustar el desfase temporal. Será mejor para ti…, solo te habrás perdido un tiempo.

Intenté esgrimir algo en mi defensa pero lo único que se me ocurría era: «Pero si yo los llevé a las coordenadas que me dieron, de verdad. Y no escapé y los dejé allí». Sin embargo ya lo había dicho el día anterior a demasiada gente, demasiadas veces.

En lugar de eso pregunté:

—¿Cuándo van a borrarme la memoria?

Me miró con unos ojos llenos de compasión y me respondió:

—Ya lo hemos hecho.

Miré entonces desconcertado al extraño de ojos desparejados que tenía ante mí.

—¿Quién…? —empecé a decir, creo.

—Lo siento —me dijo.

Y entonces todo se fundió en negro.

—La amnesia es un fenómeno curioso —comentó mi médico de cabecera, el doctor Witherspoon, el mismo que había traído al mundo al renacuajo, había tratado a Jenny del sarampión y me había dado puntos en la pierna el año anterior cuando fui tan estúpido de tirarme por las cataratas del río Grand en un barril—. En tu caso has perdido treinta y seis horas. Si es que no te lo estás inventando todo…

—No me he inventado nada —le dije.

—Te creo. Como ya te he contado, toda la ciudad se volvió loca buscándote. No creo que Dimas conserve esta vez su puesto después de semejante tontería. Anda que mandar a unos niños a la ciudad y decirles que busquen el camino de vuelta… en fin. —Me examinó los ojos con una linternita—. No veo síntomas de conmoción alguna. ¿No te acuerdas de nada de antes de ir a la comisaría?

—Lo último que recuerdo es perderme con Rowena. Y después de eso todo se vuelve borroso, como cuando intentas acordarte de un sueño.

Consultó sus papeles y frunció los labios. En ese momento sonó el teléfono de al lado de la cama y lo cogió.

—Sí. Parece que está bien… Vamos, querida, es un adolescente; son prácticamente indestructibles. No te preocupes. Claro, mujer, puedes venir a recogerlo dentro de una hora o así. —Colgó el aparato y me dijo—: Era tu madre. —Apuntó algo en mi gráfica y luego añadió—: Bueno, pues quizá recuperes la memoria, o tal vez hayas perdido para siempre treinta y seis horas de tu vida. Ahora mismo no puede saberse.

»Estás más delgado de lo que te recordaba. ¿Te preocupa algo? ¿Quieres contarme alguna cosa?

—No dejo de pensar que he perdido algo —le confesé—. Pero no sé qué es.

Hubo gente que pensó que mentía. En el instituto contaban que había hecho autoestop hasta Chicago, y lo cierto es que me quedé un tanto intranquilo, pues, al fin y al cabo, hasta donde yo sabía bien podía ser verdad; o podría haber ido incluso más lejos aún.

En el telediario local de las once me dedicaron un especial, con entrevistas al alcalde Haenkle, al jefe de la policía y a un abuelo que explicó con una maqueta cómo me había abducido un platillo volante.

A Dimas no lo echaron porque resultó que había puesto un chip de rastreo en las tarjetas que nos había repartido y supo en todo momento dónde estaba cada uno.

148

Menos yo, por supuesto. Mi puntito rojo había desaparecido de la pantalla de su portátil (estaba dando vueltas en su jeep para asegurarse de que ninguno subíamos a un autobús o llamábamos a nuestra casa para que nos recogiesen). Y no volvió a aparecer. Fue uno de los argumentos que el viejo del platillo volante esgrimió como prueba de que me habían llevado al espacio.

A Ted Russell le pareció de lo más hilarante. Empezó a llamarme «niño platillo», «capitán espacial», «Obi Wan-Harker» y cosas por el estilo cada vez que me veía. Me esforcé por ignorarlo.

Me hice bastante popular, pero igual que podía haberlo sido un oso en una jaula. Hubo chicos que de repente querían ser mis mejores amigos y otros que se quedaban mirándome y señalándome en medio del comedor.

Rowena Danvers se me acercó un día después de clase de matemáticas, al final de esa primera semana, y me preguntó:

—Entonces, ¿qué?, ¿adónde fuiste? ¿Fue lo del platillo volante o lo de Chicago? ¿U otra cosa?

—No lo sé —le confesé.

—A mí me lo puedes contar. Fui yo la que te estuve esperando como una idiota media hora en una esquina. No se lo contaré a nadie.

—Es que no lo sé. Ojalá lo supiera.

Se le iluminaron los ojos de la rabia.

—Vale, si eso es lo que quieres… Yo creía que éramos amigos, pero no tienes que fiarte de mí si no te apetece. Haz lo que quieras. —Y se fue muy enfadada mientras yo no podía quitarme de la cabeza la frase «Sé cómo te quedaría el pelo muy, muy corto». Y luego me pregunté por qué se me habría ocurrido algo así.

Una mañana —como a los dos días de que emitieran aquel telediario local— Ted Russell se pasó de la raya. Creo que me odiaba por acaparar tanta atención; o a lo mejor tenía acumulada más mala leche que una mofeta con dolor de muelas y hacía mucho tiempo que no la soltaba.

Sea como fuere, entre clases se me acercó por detrás y me pegó un puñetazo en un riñón.

Y luego lo cierto es que todo ocurrió muy rápido.

Bajé mi centro de gravedad doblando ligeramente las piernas, di un paso atrás y deslicé mi otro pie hasta una postura de gato modificada (no me preguntéis cómo conocía aquel nombrecito). Lo cogí de la muñeca, se la retorcí hacia un lado para el que no están acostumbradas a doblarse, lo mandé al suelo y le puse el borde de la otra mano en la nuca. En cuestión de segundos Ted había pasado de hacerme daño a estar retorciéndose en el suelo a mis pies. Pulsé el piloto automático que se había apoderado de mí justo a tiempo para evitarme hacer el último movimiento de la secuencia, que supe (y de nuevo, no me preguntéis cómo) que habría resultado en un Ted muerto y rematado.

Se levantó, me miró como si me hubiesen salido tentáculos verdes y sin más salió corriendo de la sala mientras yo me quedaba allí petrificado. No tenía ni idea de qué había hecho ni cómo. Se diría que mis músculos sabían lo que tenían que hacer y yo no les hacía ni la menor falta.

Me sentí aliviado de que no lo hubiera visto nadie más.

Las cosas siguieron así otras dos semanas.

—Tendrían que secuestrarte más a menudo los extraterrestres —me dijo mi padre una noche mientras cenábamos.

—¿Por qué?

—Sobresalientes por primera vez desde que el mundo es mundo. Si no lo veo no lo creo.

—Ah. —En cierto modo a mí no me parecía tan estupendo. Ahora las tareas del instituto me resultaban muy fáciles: era como si supiese lo difíciles que podían ser y de qué era capaz yo. Me sentía como un Porsche que se había enterado de que no era una bicicleta pero seguía participando en carreras de bicis.

—¿Qué clase de respuesta es «ah»? —A mamá no se le pasaba ni una.

—No sé. —Removí un ramillete de brócoli; a veces, si le das muchas vueltas, no se dan cuenta de que no te lo estás comiendo—. Son solo matemáticas, lengua, español y esas cosas. No es geometría hiperdimensional ni nada de eso.

—¿Que no es qué?

Pensé en lo que acababa de decir y solo pude esgrimir un:

—Ni idea. Lo siento.

La mayor parte del tiempo me olvidaba de mis 36 horas perdidas, menos cuando me acostaba por las noches y, a veces, al despertarme por la mañana: las sentía en la nuca, y me picaban, me hacían cosquillas. Me daba la sensación de haber perdido un miembro de mi cabeza; como un ojo que se hubiese abierto solo para cerrarse para siempre.

Estaba bien salvo cuando me tendía en la cama en la oscuridad. Pero luego empezó a dolerme de verdad: había perdido algo grande e importante. El problema era que no sabía qué podía ser.

—¿Joey? —me llamó mamá—. Te estás haciendo demasiado mayor para Joey, pronto habrá que llamarte Joe.

Se me erizó la piel de los brazos. Aquello había vuelto, fuera lo que fuese.

—¿Sí, mamá?

—¿Puedes cuidar de tu hermano un par de horas? Voy a salir con tu padre a ver al proveedor de gemas. Por lo visto hay una piedra semipreciosa de Finlandia que yo no conocía y que dice que me vendría muy bien.

¿He mencionado ya que mi madre diseña y hace joyas? Es un hobby que ha ido a más con el tiempo y ha acabado pagando la ampliación de la casa.

—Claro.

El renacuajo es un niño que mola, y de hecho es bastante divertido para tener solo un año y seis meses. No gimotea (mucho) y no llora a no ser que esté cansado, y tampoco va siguiéndome por ahí todo el rato. Además, siempre parece encantado cuando juego con él.

Subí a su cuarto, en la ampliación. Por alguna extraña razón cada vez que iba por esas escaleras me preguntaba si seguiría allí su habitación.

Era como esas paranoias que te vienen a la cabeza cuando no están pasando muchas cosas, como cuando vas de vuelta a casa desde el instituto y te preguntas si tus padres se habrán mudado sin ti. Seguro que a vosotros también os pasa, no puedo ser yo el único…

—Eh, renacuajo. Voy a cuidarte un par de horitas. ¿Quieres hacer algo en especial?

—Burbujas —dijo, aunque sonó más a «brujas».

—Renacuajo, estamos en diciembre. No es el tiempo ideal para salir a hacer pompas.

—Brujas —repitió con cara de pena. En realidad se llama Kevin. Parecía decepcionado.

—Solo si te pones el abrigo y los mitones, ¿vale?

—Vale.

De modo que bajé a la cocina y preparé un cubo con mezcla de pompas: jabón líquido de lavar los platos, un chorrito de glicerina y una cucharada de aceite de cocinar. Luego nos pusimos los abrigos y salimos al patio.

El renacuajo tenía un par de varitas de plástico para hacer burbujas que llevaba sin utilizar desde septiembre, así que tuve que buscarlas y lavarlas porque estaban llenas de barro. Para cuando lo tuvimos todo para hacer las pompas, se había puesto a nevar ligeramente, grandes copos que caían en espiral desde el cielo gris.

—Tutu —balbuceó el renacuajo—. Bru-jas. Tú.

Introduje entonces la varita en el cubo y la agité en el aire hasta que del aro de plástico empezaron a salir enormes burbujas de muchos colores que se iban flotando en el aire. El renacuajo hacía ruidillos de felicidad que eran medio palabras, medio cualquier otra cosa. Los copos de nieve caían sobre las pompas y a veces hacían explotar las más pequeñas mientras que otros aterrizaban en las grandes y se deslizaban por los lados; y cada burbuja de jabón que se iba flotando en el aire me hacía pensar en…

… algo…

Me iba a volver loco si seguía sin saber qué era.

Y entonces el renacuajo rio, señaló una burbuja y dijo:

—¡Tunu!

—Es verdad, se parece a Tono. —Y era cierto. Me lo habían quitado todo de la cabeza pero no habían podido con Tono. Aquel globo de aire era idéntico a…

… idéntico al fóvim, que era…

«una forma de vida multidimensional»…

Se lo oí decir con su voz, bajo aquel cielo pintado con pintura de dedos gris…

Jay.

Me acordé de él sangrando en la tierra roja después del ataque del monstruo…

Y entonces me vino. Me sobrevino todo de golpe mientras estaba allí jugando con las pompas bajo la nieve en compañía de mi hermano pequeño.

Me acordé… de todo.

TERCERA PARTE

Capítulo 14

$\mathcal{P}$odía Caminar de nuevo.

No me preguntéis cómo. Igual el cacharro que habían utilizado para limpiarme el cerebro estaba estropeado. A lo mejor Tono era una variable imprevisible que no habían programado (o desprogramado)... Ni idea. Lo único que sé es que allí en medio del patio, con el repelús del frío bajo aquel ligero polvo de nieve, mientras contemplaba cómo mi hermano cazaba felizmente pompas de jabón, se me encendió una traca de fuegos artificiales en la cabeza y a cada estallido se me iluminó en la memoria un recuerdo que no tenía antes.

Lo rememoré todo: los fatigosos días y noches de estudio y ejercicio, la diversidad infinita de mis compañeros de clase (todos ellos variaciones sobre el tema Joey Harker), la diminuta supernova que parecía vagar en el ojo artificial del Abuelo, la desbordante locura en tecnicolor que era el Entremedias...

Y la misión rutinaria que se había torcido, cuando lady Índigo me había capturado una vez más y Tono me había salvado solo a mí.

Me quedé paralizado allí en medio del patio, temblando por un frío que nada tenía que ver con la temperatura e introduciendo mecánicamente la varilla de las pompas en la solución jabonosa, al tiempo que me preguntaba qué debía hacer a partir de entonces.

Reviví la vergüenza y la indefensión que había experimentado al volver sin mis compañeros de equipo. ¿Qué les habría pasado? ¿Qué habrían hecho lady Índigo y lord Dogodaga con ellos? ¿O a ellos? Quería averiguarlo a toda costa, y sabía que podía, que sería capaz de Caminar de nuevo y regresar al Entremedias. Tenía la fórmula para encontrar Ciudad Base grabada a fuego en la cabeza. Podía llegar, ¡y tanto que podía!

Pero ¿quería?

Si volvía a irme de la Tierra, no podría regresar jamás. Cada vez que abría un portal era como enviar una señal de humo a Maldecimal y a Lo Binario, y eso solo serviría para convertirme en cebo para los malos. Me habían contado que cada Caminante tenía una firma psíquica exclusiva y rastreable. Me imaginaba que Lo Binario tendría a todas sus computadoras centrales buscando mi configuración, al igual que Maldecimal habría dispuesto con el mismo fin a una caterva de brujos de guardia las 24 horas del día. No podía exponer a mi familia y a mis amigos a ese peligro.

Si no volvía a Caminar jamás, las posibilidades de que alguno de los bandos decidiera conquistar mi mundo en particular eran de un trillón a una. Podía estar prácticamente seguro de que crecería, me casaría, tendría hijos, me haría viejo y moriría sin volver a oír mencionar el Altiverso.

Pero no Caminar nunca jamás…

No sé si os habré dicho ya que Caminar suponía para mí hacer algo que se me daba muy bien, y por eso lo disfrutaba tanto. Me sentaba de maravilla y se me antojaba justo y necesario utilizar mi mente para abrir el Entremedias y saltar de un mundo a otro, y a otro. Los maestros del ajedrez no juegan por dinero, ni siquiera por la competición: lo hacen por el amor que sienten por el juego. Los sabios de las matemáticas no se divierten con la jardinería sino que hacen malabares en la cabeza con la teoría de conjuntos o fantasean con pi elevado a tropecientos. Al igual que un gimnasta profesional, ahora que había recordado mi habilidad, me moría por ponerla en práctica.

No me imaginaba una vida sin volver a Caminar.

Pero tampoco me la imaginaba sin ver a mis padres, ni a Jenny o al renacuajo. Ya me había alistado en una ocasión…, aunque lo había hecho llevado más que nada por la culpa por la muerte de Jay, sin ser consciente de dónde me estaba metiendo.

Ahora lo sabía muy bien.

Ya me habían licenciado una vez pero no sería tan fácil a la segunda. Si me presentaba en Ciudad Base, lo más probable era que me sometiesen a un consejo de guerra. Sí, vale, tienen un nombre distinto, pero un pelotón de fusilamiento no es ni más ni menos que un puñado de gente apuntándote con un fusil. Dudaba de si, llegado el caso, pediría que me vendasen los ojos o no, pero tampoco tenía ganas de averiguarlo.

Si me quedaba, sin embargo, tendría que vivir con el peso de saber que había dejado en apuros a gente que me importaba.

Deseé que aquellas tontas pompas de jabón no hubiesen disparado el circuito donde almacenaba esos recuerdos. Tal vez la ignorancia no fuese la felicidad, pero al menos se me antojaba mejor que los remordimientos que me carcomían.

Me quedé mirando una pompa que Kevin intentaba cazar. Estaba más alta que el resto, casi a la altura del tejado del garaje. Se fue hacia las ramas desnudas de un roble cercano y esperé a verla estallar en silencio.

Pero no lo hizo.

En lugar de eso se quedó suspendida allí por un momento para luego bajar lentamente hacia donde me encontraba. El renacuajo corrió hacia ella, entre gemidos de frustración por no poder cogerla. La burbuja se desplazó en contra de la ligera brisa que se había levantado, se detuvo y se quedó ante mí.

—¡Hola, Tono! —lo saludé.

El fóvim se puso naranja de la alegría y luego, de repente, salió disparado y sobrevoló el tejado. Me volví y doblé el cuello todo lo que pude para seguirlo pero ya no estaba.

—¿Bru-ja? —lloriqueó Kevin—. ¿Bru-ja? ¡Tunu! Asentí.

—Exacto, renacuajo. —Bajé la mirada y lo vi restregándose la nariz en la manga del abrigo—. Ya es hora de entrar en casa.

Pasé gran parte de la noche en vela, dándole vueltas y más vueltas a mi dilema. No podía contárselo a mis padres: son estupendos, pero si ni siquiera entre los dos reunían imaginación suficiente para lidiar con un solo Joey; con una infinidad ya ni hablamos. ¿Con quién más podía conversar? Con mis compañeros del instituto desde luego que no. A mi orientador lo habían pillado llorando en su despacho el pasado semestre y todavía no habían traído a un sustituto. A la mayoría de mis profesores no les podías sacar de su asignatura. Tras cinco meses bajo el látigo en Ciudad Base, sabía más de lo que ellos llegarían a saber nunca, o podrían procesar. De todo el claustro solo había una persona que quizá me escuchase sin llamar a los del manicomio.

El señor Dimas se recostó en su asiento y se quedó mirando el revestimiento del techo. Tenía cierta expresión de pasmo, y la verdad es que no podía culparle por ello; a fin de cuentas lo que acababa de relatarle no era algo que se oyese todos los días.

Pasado un minuto me miró por fin y me dijo con mucho tacto:

—Cuando has empezado a hablar me has pedido que considerase lo que ibas a contarme como un supuesto meramente hipotético. ¿Sigue siendo así?

—Em, sí, señor. —Pensé que quizá al contarle mi historia con un amigo imaginario como protagonista en mi lugar le resultaría más fácil de asimilar—. Resulta que… este amigo mío está realmente entre Escila y Caribdis. —Me penetró con la mirada y comprendí entonces que había empleado una expresión que me habían enseñado en Ciudad Base—. Así pues —me apresuré a añadir—, ¿qué cree que debería hacer mi amigo?

Dimas encendió la pipa antes de contestar. Cuando por fin se decidió a hablar, lo hizo con una pregunta:

—De modo que, según los instructores de Ciudad Base, el universo solo genera mundos repetidos cuando se toman decisiones importantes, ¿he comprendido bien?

—Em… *grosso modo*. Lo que pasa es que en el momento cuesta saber si es importante o no. O sea, está lo de la mariposa que bate las alas en Bombay y genera un tornado en Texas…, y si por casualidad uno pisase esa mariposa antes de que levantase el vuelo...

Mi profesor asintió, me miró fijamente y me dijo:

—Sé que te va a sonar raro pero hazme un favor, Joe. —Últimamente mucha gente había empezado a llamarme así, aunque no entendía muy bien por qué, y me costaba acostumbrarme.

—Claro que sí.

—Quítate la camiseta.

Pestañeé un poco perplejo pero luego me encogí de hombros. No entendía muy bien adónde quería llegar con todo aquello aunque —y en cierto modo era triste— sí sabía que, en cualquier lucha, justa o injusta, él no tenía nada que hacer conmigo.

Me quité la chaqueta y la camiseta holgada que llevaba. El señor Dimas me escrutó sin decir nada y después me indicó por gestos que volviera a vestirme.

—Te has puesto bastante más fuerte —observó—. Y tienes más músculo, al menos todo el que puede tener un chico de tu edad, que no es el máximo. Todavía estás programado genéticamente para crecer más a lo largo que a lo ancho.

Decidí que lo mejor que podía hacer era callar y esperar, y desear que en algún momento respondiese a mi pregunta.

Así fue.

—En cuanto a tu amigo hipotético, estoy de acuerdo contigo en que es una decisión muy dura de tomar. Pero si vamos al fondo del asunto me da la impresión de que a lo que tiene que responder tu amigo es a la pregunta: ¿la felicidad de una persona, o la vida de solo una, pesa más que el destino de mundos infinitos?

—Pero es que yo..., o sea, él no sabe seguro si pasará eso o no.

—Él sabe que existe la posibilidad. No me malinterpretes…, me hago cargo de lo doloroso de esta situación. Y a algunos hombres les queda bien la barba. —Al ver mi mirada inquisitiva, me aclaró—: Para no tener que verse la cara en el espejo cuando se afeitan.

Asentí porque comprendía lo que estaba diciéndome y sabía que tenía razón. Vi más claro cuál era mi deber, aunque no por ello me resultaba más fácil, ni por asomo; pero más claro sí que lo tuve.

Me levanté y le dije:

—Señor Dimas, es usted un profesor que te cagas.

—Muchas gracias. Aunque el consejo escolar no siempre te daría la razón, ellos también han utilizado las palabras «señor Dimas» y «cagarse» en la misma frase, y bastante a menudo. —Le sonreí y me dispuse a irme cuando me preguntó—: ¿Te veré mañana en clase?

Vacilé antes de negar con la cabeza.

—Eso me parecía. Bueno, entonces que tengas suerte, Joey. Y buena suerte también para todos tus yoes.

Quise decir algo inteligente pero como no se me ocurrió nada me limité a estrecharle la mano y salir de allí lo más rápido que pude.

Me senté en el borde de la cama y le di al renacuajo mi vieja armadura de plástico y mi pistola láser de *Star Blazers* con todos sus complementos. La pistola disparaba un rayo infrarrojo que, si apuntabas bien, captaba y registraba un sensor del peto.

Estaba que no se lo creía, él siempre lo había querido.

—¡Joeee, grasia! —Aunque todavía le venía un poco grande, ya tendría tiempo de crecer.

Y al menos, me dije, en cierto modo yo iba a contribuir a que así fuese.

Le dije a Jenny que podía quedarse con mi colección de CD y DVD si quería. En cine teníamos un gusto muy parecido: básicamente todo lo que acabase con la Estrella de la Muerte o similar volando por los aires. Lo de la música era más complicado pero podía o bien venderla, o bien acabar apreciándola con el tiempo.

Mi repentina generosidad le pareció de lo más sospechosa, ni que decir tiene. Le expliqué que tenía que ir a ver a algunos parientes muy lejanos y que no sabía cuándo volvería. Me abstuve de añadir «si es que vuelvo». Tal vez debería haberlo hecho pero quien crea que es fácil despedirse de sus hermanos pequeños —quizá para siempre— se equivoca de medio a medio.

Con mamá y papá fue peor aún. No podía llegar y decirles sin más que me iba de casa, posiblemente para siempre jamás. Además quería que supiesen que iba a estar bien (aunque ni yo mismo podía asegurárselo al cien por cien).

A decir verdad armé una buena. Les conté que iba a alistarme en «una especie de» ejército. Mi padre me dijo que lo dudaba mucho, y que ya haría él las llamadas pertinentes para evitarlo, «caballerete». Mamá se limitó a llorar y a preguntarse en qué había fallado como madre.

Supongo que no debería haberme sorprendido mi manera de fastidiarla; al fin y al cabo hasta la fecha no tenía un historial muy brillante en lo referente a no hacer daño a las personas cercanas. Al final terminé prometiendo que no haría «nada precipitado» esa noche y que «ya lo discutiríamos más a fondo por la mañana».

Sin embargo no podía esperar, tenía que hacerlo rápidamente, «mientras tuviese las espaldas anchas», como decía mi abuelo. Me quedé despierto hasta las dos de la madrugada, hasta mucho después de que todos se hubiesen acostado; luego me vestí y bajé.

Mi madre me estaba esperando abajo, sentada en un sillón junto a la chimenea apagada y envuelta en la bata. Al principio tuve la terrible sensación de haber Caminado sonámbulo y haberme colado en una Tierra paralela porque vi a mi madre fumar, cuando hacía ya cinco años y pico que lo había dejado.

Me quedé helado, inmóvil bajo la luz de la salita como un conejo ante los faros de un coche. Al mirarme no vi enfado en sus ojos, solo cierta resignación. Lo que, por supuesto, era diez veces peor que lo primero.

Sin embargo sonrió al fin, sin que sus ojos se alegrasen ni por asomo, y me dijo:

—¿Qué clase de madre sería si no te leyese como un libro abierto? ¿De veras creías que no sabía que ibas a irte?, ¿o que si me dormía iba a quedarme sin decirle adiós a mi hijo?

Se me pasaron miles de respuestas por la cabeza, algunas verdaderas, otras falsas, y en su mayoría una mezcla de ambas. Por fin me decidí a decir:

—Mamá… Es muy largo de contar, y además no te creerías nada…

—Ponme a prueba. Cuéntamelo, pero todo y que sea verdad.

De modo que eso hice: le conté todo lo que se me pasó por la cabeza, de principio a fin. Mientras, ella se dedicó a fumar y toser, con un aspecto algo enfermizo (sin yo saber si era por el tiempo que llevaba sin fumar o por el disgusto que estaba dándole).

Cuando terminé mi relato nos quedamos en silencio.

—¿Un café? —me preguntó.

—Qué va, ya sabes que no me gusta nada.

—Ya te gustará. A mí me pasó lo mismo.

Se levantó, fue a la cafetera y se echó una taza.

—¿Sabes qué es lo peor? —me preguntó apremiante, como si hubiésemos estado discutiendo algo y ahora volviese con ello—. Lo peor no es preocuparme de si te has vuelto loco, me estás mintiendo o cualquier otra cosa. Porque mintiendo no estás. A ver, Joey, te conozco desde hace mucho y sé lo que haces cuando mientes, y esta vez no lo has hecho. —Le dio un trago al café—. Y loco tampoco estás, porque yo he conocido a muchos locos y no te pareces en nada.

Sacó otro cigarro del paquete pero, en vez de encendérselo, empezó a partirlo en pedazos mientras hablaba, a rasgar el papel, sacar el tabaco, hebra por hebra, hasta dejarlo todo —papel, tabaco y filtro— en una montañita ordenada sobre el cenicero.

—Así que mi pequeño se va a la guerra… Bueno, evidentemente, no soy la primera madre que pasa por eso. Y, por lo que cuentas, ni siquiera soy la primera… la primera yo a la que le pasa. Pero lo peor de todo es que desde el momento en que salgas por esa puerta habrás muerto para mí, porque no vas a volver nunca. Porque si… si te matan al intentar rescatar a tus amigos, o al luchar contra el enemigo o en tu Entremundo ese…, nunca lo sabré.

»Las madres espartanas les decían a sus hijos: «Regresa o con el escudo o sobre él». Pero tú te vas para no volver, con escudo o sin él. Y nadie va a mandar aquí una medalla o un... (no sé qué enviarán ahora que ya no se usan los telegramas), un mensaje que diga «querida señora Harker, sentimos comunicarle que Joey ha muerto como un... como un...».

Por un instante pensé que iba a echarse a llorar pero respiró hondo y se quedó callada.

—¿Me vas a dejar marchar? —le pregunté.

Se encogió de hombros y me contestó:

—Toda la vida he tenido la ilusión de saber criar a unos hijos que supieran distinguir el bien del mal, que cuando tuvieran que tomar decisiones importantes hicieran lo correcto. Te creo, Joey, y estás haciendo lo correcto. ¿Qué sentido tendría querer impedírtelo?

»Vayas donde vayas, y te pase lo que te pase, tienes que recordar una cosa: que te quiero, Joey, y siempre te querré, y creo..., es más, sé que estás haciendo lo que tienes que hacer. Lo que pasa es que... que duele, eso es todo.

Cuando terminó me dio un abrazó. Sentí mi cara húmeda y no sabría decir si las lágrimas eran suyas o mías.

—No volveremos a vernos, ¿verdad?

Sacudí la cabeza.

—Ten. Te lo he hecho, es un regalo de despedida. No sabía qué darte.

Sacó del bolsillo una cadena con un colgante de piedra que parecía negro, pero al darle la luz brilló en azul y verde, como el ala de un estornino. Me lo pasó por el cuello y cerró el broche.

—Gracias. Es muy bonito. —Y acerté a añadir—: Te echaré mucho de menos.

—Como no podía dormir me he entretenido haciéndolo. Yo también te echaré de menos. Vuelve si puedes… cuando hayas salvado el universo.

Asentí y le pregunté:

—¿Se lo vas a contar a papá? Dile que lo quiero, y que ha sido el mejor padre que se puede tener.

—Se lo diré. Si quieres puedo despertarlo…

Sacudí la cabeza.

—Tengo que irme.

—Esperaré aquí un rato, por si vuelves.

—No lo creo.

—Ya lo sé, pero aun así esperaré.

Salí a la noche.

Fuera hacía menos de cero grados. Me colé en la parte de mi mente de la que en teoría me habían despojado y empecé a tantear en busca de un portal potencial.

Tenía la esperanza de que hubiese alguno cercano porque no me hacía mucha gracia la idea de tener que caminar (en minúscula) con aquel tiempo. No puedo abrir un portal en el Entremedias donde me venga en gana. Ojalá, pero no funciona así. Algunos puntos transdimensionales del espacio-tiempo tienen que ser congruentes y eso varía cada dos por tres. Es como coger un taxi: puedes tener suerte y parar uno justo delante de la puerta de tu casa, o lo más probable es que tengas que andar un poco, a veces incluso hasta el hotel o el restaurante más cercano con una parada de taxis delante. Hay sitios en los que existen más posibilidades de encontrar portales potenciales; por desgracia no siempre son restaurantes u hoteles.

Por extraño que parezca no me permití darle vueltas a la conversación que había mantenido con mi madre. Eran muchas las sorpresas por procesar, y notaba cómo mis plomillos amenazaban con fundirse cada vez que hacía amago de pensar en eso. Preferí concentrarme en encontrar el portal.

No sentía el leve hormigueo en la cabeza que solía indicarme que estaba cerca de alguno, de modo que eché a correr calle abajo dejando nubes de vaho a mi paso. Me sorprendí preguntándome qué les pasaría a las pompas de jabón que había hecho con el renacuajo a temperaturas inferiores a cero grados.

Al poco tiempo lo averigüé…, más o menos.

Tono apareció como un bólido en la noche y se quedó suspendido sobre mí. Palpitó en un espectro de colores que denotaban urgencia: verde, naranja, amarillo, nácar. Pensé que tal vez su código era más complejo de lo que había supuesto, que en lugar de simplemente indicar estados emocionales básicos en realidad se trataba de todo un lenguaje. Sin duda estaba intentando decirme algo.

Cuando se aseguró de haber captado mi atención, salió disparado y se fue parando a cada tanto para comprobar que lo seguía. Nos detuvimos en un parque diminuto, poco más que un césped sin casa, a unas seis manzanas de la mía. Tono pareció quedarse a la espera.

Entendí lo que quería. Tanteé el terreno en busca del portal incipiente que supe que estaría allí… y lo encontré.

Miré hacia arriba, a Tono, que flotaba pacientemente, y le dije:

—Gracias, colega.

A continuación introduje mi mente en aquella congruencia transdimensional —igual que una llave en un cerrojo—, la giré y el portal se abrió de par en par.

Al otro lado había un paisaje cambiante y desvencijado que me recordó a los cómics del *Doctor Extraño*. Enderecé los hombros, miré por última vez a mi alrededor, tomé aire...

...y me puse en Camino.

Capítulo 15

Cuando entré en el Entremedias no vi a Tono por ninguna parte, y para ser sincero sentí cierto alivio.

Que no se me entienda mal; le debía mucho a aquel pequeño ser pero si nunca lo hubiese conocido…, en fin, seguramente mi vida habría sido mucho pero que mucho más sencilla. Y entre otras cosas, Jay seguiría vivo, y tal vez yo podría estar viviendo en mi casa con mi familia y no intentando salvar el Multiverso, o lo que quiera que estuviese haciendo allí.

Estaba montado sobre una roca que olía a orégano fresco y daba vueltas por la locura del Entremedias en un sonoro arpegio de música de contrabajo. Cabalgué sobre ella como un surfista en su tabla mientras meditaba sobre adónde dirigirme a continuación.

Aunque he dicho que me acordaba de todo, no era completamente cierto; más bien de casi todo. Por mucho que rebusqué en mi cabeza, no encontré la llave que me permitiría regresar a Ciudad Base. (Había algo… no sé cómo… pero era tan huidizo como la forma de un hueco en el diente después de ponerle un empaste, o el nombre de alguien que sabes que empieza por ese… o por ele, uve o uve doble. Se me había borrado, y supongo que tenía sentido porque era natural que, de todos mis recuerdos, la llave para la sede de InterMundo fuese el secreto mejor guardado.)

Entre tanto, en el fondo de mi mente, oía una voz como un resuello gaseoso y azucarado: «Estamos preparados para comenzar el asalto a los mundos Lorimare. Los portales fantasmas que crearemos imposibilitarán todo contraataque o rescate. Cuando se les confiera poder, las coordenadas habituales de Lorimare abrirán dominios nocionales ocultos que estarán bajo nuestro control. Ahora que disponemos de otro buen Harker tendemos toda la potencia necesaria para que nuestra flota entre en batalla. Además, ya tenemos al imperator de los mundos Lorimare de nuestro lado».

Cuando oí las palabras de lord Dogodaga saliendo de la boca de Scarabus me habían sonado a chino, como una de tantas otras cosas que no entendía. En esos momentos, sin embargo, a la luz de todo lo que había ocurrido, tenían todo el sentido, y daban realmente miedo.

Puertas espectrales que se abrían a dominios nocionales ocultos... O lo que era lo mismo: mundos fantasmas como aquel en que acabaron seis chiquillos que buscaban tres antorchas para una misión de entrenamiento. Creímos que estábamos yendo a un mundo Lorimare y en lugar de eso acabamos en una dimensión fantasma. Habíamos visto de pasada el concepto como una posibilidad teórica en una de las clases de Ciudad Base: se llamaban también «mundos muertos», por los «brazos muertos» de extrañas formas que dejan a veces los meandros cuando un río cambia de cauce. Pensad en el río como una corriente de tiempo y en el meandro abandonado como una porción de la realidad que se desgaja y queda condenada a fluir por un bucle infinito de existencia, una y otra vez, desde unos pocos segundos a años e incluso siglos. Lo más importante es que se queda cercado y aislado del resto del Altiverso y pasa a ser igual de detectable o accesible que el universo teórico del interior de un agujero negro.

Si los brujos de lord Dogodaga habían conseguido abrirse camino hasta uno de esos dominios fantasmas, podrían haberle echado un hechizo de similitud para hacerlo parecer lo que ellos quisieran..., y luego sacarnos de allí y arrojarnos a uno de los mundos de Maldecimal. Que era justo lo que habían hecho. No podíamos haber detectado el truco de ninguna manera, ni mediante aparatos ni Caminando: la trampa perfecta.

Sin embargo, una vez abierto, el dominio fantasma deja de ser inaccesible, y yo todavía recordaba cómo llegar.

A InterMundo no podía volver porque no sabía cómo, de acuerdo; pero eso no me impediría empezar a buscar a mis amigos.

Visioné las coordenadas que nos habían llevado a la trampa y, poco a poco, las fui abriendo con la mente.

Una enorme puerta ovalada se materializó a un par de metros de mí con un zumbido que sabía a chocolate amargo.

No la atravesé, me limité a observar y esperar. Pasado un momento, la puerta volvió a cerrarse para luego encogerse y desaparecer por completo. En lugar de la puerta, sin embargo, había un sitio oscuro como una sombra que se rizaba y ondeaba igual que una bandera en una tormenta.

Esa era la trampilla, el portal que daba al dominio fantasma en el que habían atrapado a mi equipo.

Y hacia ella me dirigí. Caminé en pos de la puerta

fantasma pero, justo antes de entrar, algo se interpuso de pronto en mi camino, suspendido en el espacio. Era un globo del tamaño de un gato grande y me estaba bloqueando el paso.

—Tono.

Por su superficie parpadearon el verde y el rosa fluorescentes, como si tratara de prevenirme.

—Tono, tengo que atravesarla.

La superficie del fóvim cambió, se estiró y se aflojó y de repente me vi mirando algo que parecía un muñeco de lady Índigo hecho con globos. Después la imagen estalló y desapareció.

—Antes no he podido volver porque me lo has impedido tú, ¿no es así?

Un sentido asentimiento bermellón.

—Mira, entiende que tengo que ir. Puede que hayan muerto hace tiempo, o lo mismo solo hace cinco minutos que les han puesto las cadenas (ya sabes lo enrevesado que es el tiempo cuando te desplazas de un mundo a otro, y sobre todo en estos dominios fantasmas). Pero son mi gente, y fui yo quien los llevó allí. Lo menos que puedo hacer es liberarlos…, o morir en el intento.

Se contrajo como si estuviera pensando y, al poco, se elevó y me dejó pasar. Parecía un poco triste.

—Pero, eh, si quieres venir conmigo… Siempre es bueno tener a un amigo al lado.

Tono pasó por un rápido abanico de colores vivos que no creo que se vean en otro sitio que no sea el Entremedias y dio un brinco para ponerse rápidamente sobre mi hombro izquierdo.

Entramos juntos en lo desconocido y me sobrevino un frío repentino, como cuando metes el pie en un río en pleno verano y el mundo titila y cambia.

Me encontraba en un tejado de un mundo que parecía sacado de los dibujos de *Los Supersónicos*. Tono se puso delante de mí y se transformó en una especie de lente de largo alcance por la que miré el mundo y vi...

... un cielo cubierto, y que en realidad me hallaba en una torreta de un castillo de aspecto sombrío. Parecía estar en unos decorados vacíos y abandonados, sin un alma por ninguna parte.

—Venga —le dije a Tono—, vamos a buscar las mazmorras.

Capítulo 16

Si alguna vez tenéis a algún amigo pasando un tiempo a la sombra en un castillo, esto es lo que hay que hacer para encontrar las mazmorras:

Intentad que no os vean, encontrad unas escaleras traseras y continuad bajando hasta que no haya nada más abajo, hasta donde los pasillos son estrechos, huele a humedad y orín y está tan oscuro que sin la extraña luz que lleváis con vosotros (con suerte, del fóvim que os acompaña) no se ve nada. Una vez allí, tened por seguro que las mazmorras están justo a la vuelta de la esquina.

El castillo estaba medio abandonado. Solo en una ocasión oí unas pisadas al fondo de un pasillo y tuve que agazaparme para que no me viesen, pero eso fue todo. Y los que pasaron tenían más pinta de ser de una empresa de mudanzas que otra cosa: vestían monos blancos e iban transportando sillas y lámparas. Daba la impresión de que estuviesen echando el cierre a aquel tinglado.

Tardé unos veinte minutos en encontrar las mazmorras sin muchas complicaciones.

Salvo una pequeña: que estaban vacías.

Había nueve celdas, nueve zulos sin ventanas excavados en roca viva, con gruesas puertas de hierro macizo, cada una con un ventanuco con barrotes. Estaban todas vacías y los únicos sonidos que se oían eran los chillidos y roces de las uñas de las ratas y el agua que caía por las piedras florecidas. Probé a llamarlos por sus nombres:

—¡Jai, Jo, Josef!

Pero no obtuve respuesta. Me senté entonces sobre el suelo de piedra de la mazmorra y no me avergüenza reconocer que se me llenaron los ojos de lágrimas. Tono hizo «plop» y cabeceó en el aire a mi lado, con partes de su superficie iluminadas.

—He llegado demasiado tarde, Tono. Lo más probable es que ya estén todos muertos, que los hayan o bien hervido hasta la muerte, como amenazaron con hacer los de Maldecimal, o hayan muerto de viejos esperando a que regresase a por ellos. Y todo por… —Iba a decir «mi culpa» pero la verdad es que no lo tenía muy claro.

Tono intentó llamar mi atención flotando delante de mí y agitando sus pequeños pseudópodos multicolores.

—Tono, me has ayudado un montón pero creo que hasta aquí hemos llegado.

Una rojez irritada sobrevoló la pompita del fóvim.

—¿Es que no lo ves? ¡Los he perdido! ¿Qué quieres que haga? Dime tú dónde están.

La superficie de Tono se iluminó y de pronto se llenó de remolinos y montones de estrellas por encima y por debajo de un cielo nocturno. Reconocí aquel sitio: era lo que Jay y lady Índigo habían llamado el Noquier y los binarios denominaban el Estático. Independientemente del nombre, era la zona marginal del Entremedias, la extensa ruta para viajar entre los planos.

—Bueno, pero, aunque estuviesen ahí, no tengo manera de llegar.

Aunque… ¿no me había seguido Jay a mí? Él me sacó del *Lacrimae Mundi*, luego se podía hacer.

Pero no sabía cómo. Solo conocía la forma de Caminar por el propio Entremedias. Llegar al Noquier requeriría un conocimiento de todo un cúmulo de coordenadas multidimensionales distintas por parte de alguien familiarizado con dichos niveles de realidad…

Alcé la vista y dije:

—¿Tono?

El fóvim se alejó lentamente de mí, pasito a pasito, hasta que llegó al fondo de la galería húmeda. Y luego se propulsó hacia mí con la rapidez de una maceta cayendo desde un alféizar. Aunque sabía lo que pretendía, no pude evitar retroceder cuando llenó mi visión y se produjo un…

… «¡popp!»

… y mi mundo estalló en estrellas.

Si bien no veía a mi amigo, el fóvim, por ninguna parte, todo me resultaba extremadamente familiar. Tuve la sensación de *déjà vu*, de «yo he estado aquí antes», pero, por supuesto, no era cierto: la última vez que me precipité por el Noquier me acompañaba Jay en la caída y nos habíamos lanzado desde el *Lacrimae Mundi*.

En esos momentos el viento entre ambos mundos me azotaba la cara y me hacía llorar; y las estrellas (o lo que quiera que hubiese al otro lado del Noquier) se difuminaban al pasar. Me debatí y pataleé, aterrado por encontrarme en aquel vacío lleno de nada, aunque más asustado aún porque no estaba cayendo desde ninguna parte.

Lo estaba haciendo hacia alguna parte.

Imaginaos una rosquilla o un neumático…, vamos, el típico toroide. Pintadlo con algo negro y ligeramente viscoso y después coged cinco iguales, retorcedlos y mezcladlos todos juntos como hacen los artistas callejeros que modelan formas con globos para los niños (aunque para mí que, si hacéis uno así para un crío, se echará a llorar como un poseso). ¿Me seguís? Vale, pues ahora imaginadlo todo del tamaño de un superpetrolero. Para terminar cubrid toda la superficie curva de lo que habéis obtenido —un gran horror tubular negro— con perforadoras, torres, muros con matacanes, ballestas, cañones, gárgolas y…

¿Os hacéis una idea?

Pues no es algo a lo que querríais estar cayendo, os lo aseguro. Más bien desearíais caer en sentido contrario, y lo más rápidamente posible.

Pero no tenía alternativa.

Con los ojos entornados por el azote del viento, vi dos o tres decenas de barcos pequeños —galeones como el *Lacrimae Mundi*— y naves más pequeñas y rápidas, todos ellos dispuestos en torno a una gran cosa negra. Semejaban patos escoltando una ballena.

Sabía que tenía ante mí la armada de asalto y el acorazado de lord Dogodaga; no podía ser otra cosa. Estaban preparados para lanzarse al ataque de los mundos Lorimare.

Por fin había encontrado el sitio donde tenían presos a mis amigos (siempre y cuando no hubiesen hecho con ellos sopa de Caminante). El problema era que dentro de un minuto iba a impactar contra aquel barco como un melón caído de un rascacielos y no podía hacer nada por evitarlo. El Noquier no es el espacio exterior; tiene aire y algo parecido a la gravedad. Si chocaba contra el barco, moriría. Si no —y de eso tenía las mismas posibilidades que una hormiga de no caer en un campo de fútbol—, seguiría cayendo por siempre jamás, a no ser que abriese un portal en el Entremedias, y tampoco tenía garantías de que eso pudiese ocurrir; la vez que lo había conseguido había sido porque Jay estaba conmigo.

«¿Qué haría Jay?», me pregunté.

«Creía que no ibas a preguntármelo nunca», me respondió una voz en el fondo de mi cabeza; era muy parecida a la mía, solo que con diez años más e infinitamente más sabiduría. No era ni Jay ni su fantasma; se trataba de mí mismo, ni más ni menos, con una voz que no podía ignorar.

«Te encuentras en una región mágica —prosiguió la voz de Jay—. La física newtoniana es más una sugerencia que una norma estricta. Aquí lo que cuenta es la fuerza de voluntad.»

Era un refrito de las clases prácticas de taumaturgia, o de primero de magia. «La magia no es ni más ni menos que una forma de hablarle al universo con palabras que no puede ignorar —nos había dicho el instructor citando a alguien cuyo nombre no recuerdo—. Algunas partes del Altiverso escuchan: esos son los mundos mágicos; otras, en cambio, no lo hacen y además prefieren que se las escuche a ellas: se trata de los mundos científicos. Una vez que se comprende esto, todo resulta bastante sencillo.»

Desde luego «bastante sencillo» es un concepto relativo en una escuela donde hasta las clases de recuperación harían que les saliese humo de las orejas tanto a Stephen Hawking como al mago Merlín. Con todo, había aprendido lo suficiente como para saber que el sitio donde me encontraba estaba gobernado por la magia en estado puro. Un «subespacio» que se regía más por las normas de una conciencia colectiva que por principios mecanicistas.

Voluntad, esa era la clave.

«Tú tienes mucha —me susurró Jay en la cabeza—. Utilízala.»

Aquella especie de rosquilla gigante maligna se hacía cada vez más grande conforme caía hacia ella. No tenía un aspecto especialmente blando y esquivarla parecía difícil con ganas.

Vale, bien. Decidí que no intentaría evitarla porque no estaba cayendo hacia ella sino elevándome lentamente. Tanto que cuando tocase la superficie sería como un vilano de cardo posándose sobre la hierba o una pluma aterrizando en una almohada; con tanta delicadeza que casi parecería que no estaba allí.

Lo único que tenía que hacer era convencer a esa parte del Altiverso de que no estaba precipitándome hacia mi condena final.

Lo que implicaba convencerme también a mí mismo...

«No estoy cayendo —me iba diciendo—. Estoy elevándome, tranquila y livianamente. Suave, despacio...»

Y logré ignorar a la vocecilla sensata que chillaba de pánico en el fondo de mi cabeza.

No estaba cayendo, no estaba cayendo...

Me pareció que el viento que me azotaba la cara amainaba. Y entonces, de repente, todo dio un giro de 180 grados, y mientras mi barriga intentaba asimilarlo...

Di contra el barco con mucha más fuerza que un

cardo sobre la hierba; de hecho, tan fuerte que me quedé sin aire en los pulmones y sin resuello. Pero no me rompí nada. Le di las gracias a la voz de Jay desde el suelo del barco, donde estaba tirado y agarrado a una cuerda e intentando recobrar el aliento.

Por fin pude incorporarme y otear el horizonte. No encontré a Tono por ningún lado; de hecho no lo veía desde que me había transportado de la mazmorra al Noquier. En fin… estaba solo… y en aquel barco.

¿Y ahora qué?

La respuesta no tardó en llegar: de repente una mano me agarró por el cuello y otras me alzaron por los pies. Me retorcieron los brazos en la espalda y me llevaron hasta una torreta por donde bajamos unas escalerillas estrechas hasta el corazón del inmenso acorazado y me condujeron a una estancia enorme a medio camino entre una sala del mapa, una cámara de tortura y el salón de actos de un instituto.

La habitación olía como si algo hubiese muerto allí hacía meses y no hubiesen encontrado los restos…, o no les importase lo más mínimo. Apestaba a podrido, descomposición y moho.

Por supuesto allí estaban lady Índigo y Neville, el hombre de gelatina, así como más de cincuenta personas a las que nunca había visto; algunas parecían humanos bastante normales mientras que otras eran muuucho más peculiares.

Y después había alguien a quien no había visto nunca pero al que reconocí nada más entrar. Era la persona más descomunal que había contemplado en mi vida: tan grande y perfectamente proporcionado que daba la impresión de que el resto de los que estábamos en la estancia no éramos mayores que críos. Túnicas negras y encarnadas le cubrían un cuerpo que era humano y tenía la musculatura del *David* de Miguel Ángel; era impecable.

Su cara, sin embargo… ¿Cómo describirla? De verlo, jamás lo olvidaríais. Reptaría hasta vosotros nada más quedaros dormidos y os levantaríais pegando un grito.

Imaginaos a un hombre que ha empezado a transformarse en hiena —igual que cuando un licántropo se convierte en lobo— y pensad luego en una instantánea captada en medio de la transmutación: la cara con un hocico interrumpido, la barba con un medio pelaje de perro, los dientes afilados, ideales para roer carroña. Tenía ojos de cerdo con reflejos rojos y vetas horizontales, como un hurón. De nariz aplastada, mantenía la mandíbula torcida en una mueca perpetua que era una horrible parodia de una sonrisa.

Me recordaba a unos dibujos, aunque distorsionados, que había visto de Anubis, el dios egipcio con cabeza de chacal que conducía a los muertos al Juicio Final. Tal vez sea la descripción más ajustada, puesto que eso era, a grandes rasgos, lo que tenía pensado hacer conmigo.

Sin embargo, no era su aspecto exterior lo que prometía pesadillas infinitas, sino la sensación de lo que había detrás de ese horrible rostro mutado: saber que para aquel engendro, aquel monstruo, esas pesadillas eran el más dulce de los entretenimientos, como bailar en el parque con Mary Poppins en una película de Disney.

Lord Dogodaga me sonrió con unos dientes que no podían estar más afilados y me dijo en una voz de gas de los pantanos en almíbar:

—Nos apenó mucho que no cayeses en la trampa del mes pasado, Joseph Harker. Muchísimas gracias por volver. —Volvió su cabeza de hiena para añadir—: Teníais razón, lady Índigo. El Caminante más potente desde hace dos lustros. Lo huelo, es ideal para propulsar nuestro *Maléfico*.

Cuando se volvió de nuevo hacia mí a punto estuve de chillar al reencontrarme con aquellos ojos hediondos.

—Eres un chico con suerte —prosiguió—. No hay otro barco mejor equipado para despojarte de toda la morralla superflua de tu cuerpo, desollarte, quitarte pelo, huesos y grasa y reducirte a tu esencia absoluta: el poder que te hace Caminar de un mundo a otro, y que es a la vez la energía que nos permite a nosotros viajar por el Noquier. El *Maléfico* no tiene rival.

»Lleváoslo —ordenó entonces. Acto seguido, se me acercaron varios lacayos, me agarraron y se dispusieron a sacarme a rastras de la sala.

Sin embargo de pronto se produjo un centelleo multicolor sobre mi cabeza y reconocí los remolinos arcoíris. El corazón me dio un vuelco de alegría: Tono había aparecido y estaba suspendido sobre mí. Deseé que estuviese planeando teletransportarme de algún modo para sacarme de allí, igual que había hecho cuando lady Índigo nos capturó.

—El fóvim, milord —anunció lady Índigo sin denotar preocupación alguna.

—Por supuesto —respondió tranquilamente lord Dogodaga con su espesa voz glotal—. No esperaba menos.

Dicho esto, alzó una mano y dejó a la vista una pequeña pirámide de cristal, una especie de prisma. La puso en el suelo y retrocedió un paso al tiempo que musitaba una única palabra, algo así como: «unguiculadoris-tragaldabas», aunque seguramente no se parecía en nada. A continuación se produjo un estallido de luz negra, pero no de esa morada con la que iluminas los pósters para que brillen los colores en la oscuridad, sino negra de verdad, como rayos de obsidiana o una bombilla que se apaga en negativo. Envolvió a Tono, que empezó a ponerse blanco, a encogerse y a cambiar.

Supe que, si mi amigo hubiera podido gritar, lo habría hecho en ese momento.

—¡No! —chillé, pero de nada sirvió.

Los rayos de negritud comprimieron de algún modo al pequeño fóvim y lo estrujaron en una dirección en ángulos rectos con las tres dimensiones de aquel mundo. Después los rayos negros empezaron a proyectarse hacia el prisma del suelo y, en cuestión de segundos, desaparecieron dejando tan solo una impresión blanca en mi retina.

Lord Dogodaga recogió el prisma e, incluso desde donde me encontraba, pude distinguir una burbuja diminuta en su interior con un crisol de rojos indignados y carmesíes furiosos.

—Me habían contado que la cosa esa… te había cogido cariño, muchacho, por eso me he traído un tanque de contención. Los utilizamos hace muchos pero que muchos años, sí, cuando intentamos colonizar algunas de las zonas desquiciadas entre los mundos. Su raza era un auténtico incordio. El tanque este no lo retendrá mucho tiempo…, diez o veinte mil años como mucho, pero me da que ninguno de nosotros estaremos aquí para verlo salir. —Se metió el prisma en un bolsillo interior de la túnica y me dijo—: Siempre he tenido la esperanza…

Pero no creo que pueda explicaros realmente lo inquietante y horroroso que resultaba que me hablase a mí directamente, mirándome a los ojos. Si cuando parlamentaba con toda la sala ya era horrible, al fijar la vista en mí tuve la sensación de que él conocía todo lo malo que había hecho en mi vida, y más allá: que sentía que las cosas malas que había hecho eran los únicos pedazos de mí que importaban y todo lo demás era insignificante y estúpido.

—Siempre he tenido la esperanza —repitió— de que algún día lleguemos a domar a los fóvims. Si pudiésemos utilizar su energía igual que la de los Caminantes, dominaríamos fácilmente cualquier mundo o universo: toda la gloriosa panoplia de la creación sería nuestra. Sin embargo, por desgracia, no parece factible. Una vez lo intentamos pero en el sitio en que estaba la Tierra donde hicimos la tentativa ahora no queda más que polvo cósmico, apenas una pelota de béisbol. Así que tenemos que conformarnos con las esencias vitales de críos como tú.

Al terminar la frase me guiñó el ojo como si me estuviese contando un chiste verde. Me percaté entonces de que el olor a muerto revenido provenía de él, ese hedor que había notado al entrar en la sala. Se apreciaba lo podrido por debajo del olor a tierra.

Nunca en toda mi vida me había dado algo más miedo que él. Puede que aquel pavor estuviese un poco subido de tono por la magia, pero, si ese era el caso, la verdad es que no le hacía falta.

—En lo que te resta de vida —prosiguió lord Dogodaga—, es decir, en los próximos treinta o cuarenta minutos, quizá te alivie saber que tu esencia (tu alma, si lo prefieres), acompañada de las de otros pequeños Caminantes, propulsará los barcos y los veleros que permitirán a mi pueblo y a mi cultura conquistar la tan merecida supremacía sobre todo lo existente. ¿Te alegra saberlo, muchacho? —No le respondí. Sus colmillos amarillentos se abrieron en una parodia de sonrisa amigable—. Te propongo una cosa: arrodíllate ahora mismo y bésame los pies; promete servirme por siempre jamás y no te mataré. Tenemos ya combustible suficiente para propulsar esta invasión. Hemos traído a la fiesta todas las almas embotelladas que hemos encontrado. ¿Qué me dices? ¿Un besito en los piececitos? —Removió uno de sus enormes pies delante de mí: lo tenía cubierto de pelo negro y las uñas eran más bien garras.

Supe entonces que iba a morir porque no pensaba besar aquellas pezuñas. Le miré a los ojos y le dije:

—Pero si de todas formas me vas a matar. ¿Qué quieres?, ¿humillarme antes?

Se carcajeó —y toda la sala se llenó del hedor a carne rancia— y se palmoteó la pierna como si acabase de contarle el mejor chiste del mundo.

187

—¡Pues sí! —exclamó desternillándose de la risa—. ¡Te voy a matar de todas formas! —Luego tomó aire antes de decir—: Ay, qué bien me ha sentado reírme. Es estupendo que te hayas podido pasar por aquí. Llevadlo a la sala de procesado —ordenó a los que me tenían sujeto—. Ya va siendo hora de resecarlos y reducirlos a caldo a todos, a él y a sus amigos. Y no reparéis en dolores. —Se volvió hacia mí, me guiñó de nuevo un ojo y me explicó como quien charla con un amigo—: Hemos averiguado que, si se les infligen grandes dosis de dolor a los Caminantes durante el procesado, avivamos sus ánimos una vez embotellados. No sé, quizá les dé algo en lo que concentrarse. En fin… Adiós, chaval —se despidió, y alargó la mano para pellizcarme la mejilla casi con afecto, como si fuese mi tío.

Pero después me la apretó más y más fuerte. Me prometí no gritar pero el dolor era tan insoportable que acabé pegando un chillido y él volvió a guiñarme el ojo más lentamente, como si acabásemos de compartir un chiste que nadie más de la habitación hubiese pillado.

Cuando por fin me soltó la mejilla, mis carceleros me retorcieron los brazos en la espalda y me sacaron de la habitación. Sentí tal alivio de alejarme de lord Dogodaga que, por un momento, no me importó hallarme de camino a la sala de procesado.

Cuando de pequeño al leer me encontraba en algún libro la frase «un destino peor que la muerte», siempre me parecía extraño y me decía: «Pero, a ver, si no puede haber nada peor ni más definitivo que la muerte…». Con todo, la idea de que te maten, te hiervan y te reduzcan a lo que quiera que te haga ser tú, para luego pasar el resto de la eternidad en una botella a modo de generador cósmico… hace que la muerte se te antoje menos desagradable, creedme.

Capítulo 17

*L*os pasillos se fueron haciendo cada vez más estrechos y oscuros conforme bajamos de planta. También aumentó el calor, como si aquel acorazado titánico fuese a vapor, lo que hizo que la sensación de estar descendiendo a los infiernos se acrecentase. Desde que había pisado el *Maléfico*, lo oscuro y lo lúgubre habían sido el orden del día, y no hizo sino empeorar a medida que bajamos.

Seguimos por más tramos aún de escaleras estrechas: la «sala de procesado» debía de estar en una de las plantas más bajas del barco. Lo agradecí porque así tuve más tiempo para pensar. Tenía a dos guardias por delante y otros dos por detrás. Los pasillos y las escaleras formaban un auténtico laberinto, así que me convencí de que estaba irremediablemente perdido.

Con todo, por muy angostos y agobiantes que fuesen, no eran nada comparados con el circuito para hámster que tenía en la cabeza.

Lord Dogodaga había mandado que nos matasen «a todos». Solo podía significar una cosa: que mi equipo seguía con vida. Y si era así, todavía quedaba un resquicio de esperanza.

Aunque solo uno. Cinco versiones de mí mismo apresadas contra quién sabía cuántos miles de soldados, brujos y demonios maldecimales…, la verdad es que con solo enfrentarnos con lord Dogodaga y lady Índigo ya hubiésemos tenido todos los pronósticos en contra. Sin Tono las posibilidades se reducían a… cero.

Pese a ser consciente de todo ello, la sola idea de que tal vez siguiesen con vida me animó.

No cabía duda: las plantas inferiores del *Maléfico* tenían algo de infernal; empecé a pensar que olía de verdad a azufre y a sulfuro. Pero entonces los guardias que me precedían abrieron una pesada puerta de madera con herrajes de bronce y me empujaron por ella de mala manera; sentí que el hedor se intensificaba.

Imaginaos el infierno tal y como lo habéis visto en vuestras cabezas desde pequeños y luego que la peor cámara de tortura se encuentra en una sala no más grande que el aula de un instituto. Con solo haceros a la idea de que la diseñó un flipado de las películas de miedo de serie zeta, de esas en blanco y negro que ponen de madrugada, podréis visualizar la sala de procesado.

No tenía ventanas —al igual que el noventa por ciento del resto de estancias que había visto en el barco— y de las paredes colgaban herramientas e instrumentos varios, tan grandes y afilados como acongojantes. No las estudié con detenimiento pero tenían pinta de servir para «reducirnos» una vez dentro de la olla, cuando hubiésemos roto a hervir. Al fondo de la sala, sobre una rejilla elevada, había un caldero de tomo y lomo forjado en bronce y con sus buenos tres metros de diámetro, como la marmita de un gigante o la típica de los caníbales de los tebeos, apoyado con todo su peso sobre un trébedes metálico. Dentro bullía un extraño líquido que, por el olor, no era agua; de eso no cabía duda. El hedor era una mezcla de azufre líquido, amoniaco y formol. Yo diría que también contenía sangre (el tipo de magia que se practicaba en aquel barco extraía mucha energía de la sangre). El fuego de debajo debían de avivarlo con sales y polvos varios, porque desprendía llamas ora verdes, ora rojas o azules, según iban arrojándole sustancias químicas. El humo y los vahos formaban una gran nube que me escocía los ojos y me emponzoñaba los pulmones. Un ser pequeño a medio camino entre un sapo y un enano avivaba el fuego con polvos, cuidándose de echar tan solo un puñado pequeño a cada vez.

Ninguno de los encargados del fuego y del brebaje era humano. Aunque costaba reparar en detalles al no haber más luz que la que daban las llamas bajo el caldero, distinguí tentáculos y antenas. No sabía si provenían de mundos marginales muy apartados del Arco o si los habían transformado en seres a los que no les afectaban los humos químicos, el aire chamuscado o lo que quiera que hicieran allí abajo. No creo que importe mucho. Los que sí que se mostraron poco amigos del humo y del ambiente cargado fueron mis guardias: dos de ellos se quedaron fuera, cada uno a un lado de la puerta cerrada, mientras que los demás, los que me hicieron pasar dentro, llevaban pañuelos tapando boca y nariz y tenían los ojos llenos de lágrimas.

Una cosa se nos acercó, algo que podría haber sido una mantis religiosa si las fabricasen tan grandes y con ojos humanos. Reprobó a mis captores con una voz estridente:

191

—Fuera de aquí. No respirar. Procesado comenzar ya. Fuera. Abandonar lugar. ¡Cri, cri, cri! Aquí ya no para vosotros.

En ese momento se despejó el humo por un instante y los vi al otro lado del caldero. El corazón me dio un vuelco: allí atados de pies y manos y tirados en el suelo, como conejos listos para la olla, estaban mis compañeros de equipo.

De un solo vistazo comprobé que estaban todos: Jai, Jakon, J/O, Jo y Josef. Y estaban conscientes, a pesar de su aspecto demacrado y desesperado. No sabía cuánto tiempo llevarían allí —¿días, semanas, meses?— pero no daba la impresión de haber sido una estancia muy agradable. Todos habían adelgazado, hasta el pequeño J/O.

Tampoco se sorprendieron mucho al verme; a lo mejor ya había corrido el rumor de que me habían capturado, o tal vez se lo esperaban. Con la de veces que lo había fastidiado todo, no era de extrañar que lo hubiese vuelto a hacer una última y definitiva vez. Se me quedaron mirando sin más y sus caras de resignación me partieron el alma.

Lo peor de todo es que yo sabía que tenían razón, que de aquel sitio uno no se escapaba de repente, a última hora. Era más bien el típico sitio donde acababas teniendo una muerte dolorosa, lenta y quejosa.

Uno de mis escoltas me soltó, se adelantó y dijo:

—Tenemos otro para la olla. Órdenes de lord Dogodaga.

El fuego de debajo del caldero eructó sulfuro y el otro guardia me quitó las manos de encima para restregarse los ojos llorosos.

Y entonces decidí entrar en acción.

Bueno, «entrar» no es la palabra exacta pero suena

mejor que «tropezarse y dar una patada», que es lo que hice. Di un traspié hacia delante y luego le pegué una patada con toda mi fuerza a la pata más cercana del trébede donde estaba apoyado el caldero gigante.

Ojalá pudiera contaros que tenía un plan brillante, pero no es así. Mi idea era simplemente ganar un poco de tiempo, o hacer algo, de un modo u otro.

Fue como un accidente de tráfico, todo sucedió a cámara lenta:

La pata del trébede se ladeó y volcó.

Vi a mis guardias, que vinieron a por mí entre toses y resoplidos.

El caldero empezó a inclinarse.

El medio sapo, el que echaba con tanto esmero las sales al fuego, tiró la bandeja entera de polvos a las llamas al caerse a un lado y fue a aterrizar justo encima del guardián más cercano, que maldijo y chocó con la mantis al tropezar hacia atrás.

Me eché a un lado del caldero mientras los polvos de las llamas ventosearon como una pequeña traca de fuegos artificiales…

Y lenta y majestuosamente, sin que nadie pudiera detenerlo, el caldero volcó del todo.

Nunca olvidaré cómo el guardia alzó la mano para evitar que se le cayese encima, pero no sirvió de nada; ni tampoco el mejunje fundido que salpicó y se derramó por doquier ni los gritos de los seres cuando los alcanzó. Porque aquello quemaba y bien que quemaba, hasta los huesos.

Me estaba asfixiando, apenas podía respirar. El mundo nadaba a mi alrededor y me corrían las lágrimas por las mejillas. Pero seguí adelante.

Cogí del suelo un cuchillo que parecía de trinchar y empecé a cortar los amarres de mis amigos. Fui primero a por Jo, a quien le quité las cuerdas que le sujetaban las alas y luego la mordaza.

—Gracias —me dijo.

—Alas —boqueé—. Aire, abanica, aire. —Seguí con Jakon.

Jo asintió, extendió las alas y empezó a batirlas para alejar de nosotros el humo asfixiante. Por la rejilla entraba aire fresco —para alimentar el fuego, supongo— y lo tragué con ganas, al tiempo que me restregaba los ojos y seguía serrando las cuerdas con el cuchillo. Jakon parecía la más animada del grupo, no paraba de retorcerse en sus ataduras y rompió las últimas cuerdas de un tirón antes de que yo pudiera terminar.

Acto seguido se liberó de la mordaza, emitió un gruñido profundo y se abalanzó sobre mí.

Cuando me agaché, la chica lobo me pasó por encima de la cabeza y desgarró a la mantis, que venía a por mí blandiendo una cuchilla de carnicero. De un zarpazo rabioso la decapitó y el cuerpo del bicho se tambaleó todavía con la cuchilla en la mano, pero ciega y enrabietada.

El siguiente al que liberé fue a Josef. Las cuerdas que lo tenían aprisionado eran gruesas como maromas. Cuando le desaté las manos le di el cuchillo para que él mismo se liberase los pies. Se frotó las muñecas con una mueca de dolor y luego cortó el resto de amarres el doble de rápido de lo que lo habría hecho yo mismo.

Por el rabillo del ojo vi cómo nos protegía Jakon, igual que una loba a sus cachorros, con todos los pelos erizados y los colmillos sacados. Mientras, Jo seguía aventando con las alas al tiempo que, con una pica que había cogido de la pared, embestía a todos los bichos que se atrevían a acercársele, que no eran muchos, la verdad; la mayoría se habían agazapado en un rincón y se limitaban a mantenerse apartados del río de llamas que nos separaba.

Cuando liberé a Jai, se echó al suelo y se restregó por él.

—Me encuentro parestético, me aguijonea todo. Estoy en deuda contigo, por cierto.

—No es nada.

A continuación le quité la mordaza a J/O, quien lo primero que dijo fue:

—Típico, dejarme para el final. Y todo porque soy el más pequeño, te parecerá muy justo. Mmmhh, mmmh, mmmmmhh. —Esto último lo dijo así porque volví a ponerle la mordaza en la boca.

—En realidad —repliqué— lo que has querido decir es «gracias». Y si no lo dices, me olvidaré de liberarte y te dejaré aquí sin querer queriendo.

Cuando le quité la mordaza, abrió los ojos como platos.

—Gracias —me dijo con la boca pequeña— por volver y liberarme. Gracias.

—De nada. No hay de qué —le respondí, y le corté entonces las ataduras de pies y manos.

El humo empezaba a disiparse y el fuego se comportaba ya más como un fuego y no tanto como el Vesubio. Mis compañeros y yo nos agrupamos. Imaginé que la sala de procesado debía de estar asegurada por hechizos a prueba de fuego porque las llamas no se habían extendido ni por las paredes ni por el techo ni por el suelo; además, empezaban a disminuir.

—Debemos ineludiblemente desplazarnos con toda la premura posible —opinó Jai—. No cabe ninguna duda de que nuestro repentino levantamiento revolucionario habrá activado numerosos sortilegios de alarma.

—No podremos salir con vida de este barco tan grande —comentó Jo— pero es mejor morir luchando que en una olla de sangre burbujeante.

—No vamos a morir ni luchando ni en ninguna olla —le dije—. No es una opción. Pero la única puerta está al otro lado del fuego.

—En realidad —intervino J/O con cierta alegría en la voz— hay una puerta oculta justo allí debajo. Vi salir por ella a uno de esos bichejos inmundos cuando nos trajeron.

—Qué ojo. Pero ¿cómo la abrimos? Seguro que está protegida por conjuros o algo parecido, ¿no?

Al otro lado de las llamas, el guardia que seguía en pie y varios de los monstruitos se habían reagrupado y nos miraban mientras dialogaban. Ya no teníamos el factor sorpresa de nuestra parte: debíamos movernos inmediatamente, hacia donde fuese.

Josef se encogió de hombros y a continuación se escupió en las manos, se agachó y tiró de la rejilla. Se le tensaron los músculos del cuello, gruñó del esfuerzo y al cabo se echó hacia atrás. Ante nosotros vimos el contorno de una trampilla, donde la rejilla estaba pegaba a la pared. Apretó los dientes y luego le pegó una patada con toda su fuerza.

Se materializó ante nosotros un agujero del tamaño de una trampilla en la pared.

—Una cosa son los conjuros y otra bien distinta la fuerza bruta. Vamos.

Los que no teníamos armas cogimos las que quedaban en las paredes de la sala de procesado. Me detuve para guardarme un saquito de cuero colgado de la pared que contenía algún tipo de polvo.

—¿Qué es eso? —me preguntó J/O.

—Ni idea pero yo diría que es lo que echaban al fuego, una especie de pólvora o algo parecido. No nos hará ningún daño llevárnoslo.

Mi compañero hizo una mueca y replicó:

—Yo no creo que sea pólvora, parece más bien algo mágico, ojo de tritón y esas cosas. Mejor déjalo.

Sus palabras me dieron el empujón definitivo para echármelo al bolsillo y seguir al resto por el agujero, a través de un pasaje estrecho poco más grande que un conducto de ventilación.

J/O iba en cabeza mientras Jakon cerraba la marcha. El resto hacíamos lo que podíamos entre medias, chocándonos unos con otros en la oscuridad.

—Te has tomado tu tiempo —comentó Jo, cuyas alas oía rozarse con el techo.

—He venido en cuanto he podido. ¿Qué os ha pasado?

—Nos llevaron a una especie de cárcel —me contó J/O— y nos metieron en celdas individuales. No nos dejaban ni hablar ni leer ni nada. Y la comida… ¡puaj! Me encontré un bicho en el plato.

—Los bichos eran lo mejor de todo —prosiguió Jakon—. Ni siquiera se molestaron en interrogarnos; era evidente que nos querían para la olla. —Vaciló y noté cómo temblaba en la oscuridad—. Vi a lord Dogodaga, que nos dijo que estaba deseando vernos sufrir.

Recordé aquella cara hedionda de trasgo con los ojos fijos en mí.

—A mí me dijo lo mismo. Que era combustible de primera. —Me alegró que no pudiesen verme la cara en la penumbra.

—Teníamos la esperanza de que volvieses a por

nosotros —continuó Jo—, o de que regresases a Inter-Mundo y enviasen una patrulla de rescate. Pero al ver que las semanas pasaban y no venías, perdimos toda esperanza. Cuando nos llevaron al cuartel general de Maldecimal y nos metieron en el *Maléfico* supimos que éramos Caminantes muertos.

Les expliqué brevemente lo que había ocurrido, que Maldecimal había utilizado un dominio fantasma para despistarnos, que me habían licenciado y borrado la memoria y la había recuperado luego gracias a Tono. Estaba terminando mi relato cuando J/O divisó una luz en la lejanía.

Al resto nos costó verla otros diez minutos de caminata: la cibervisión de J/O era mucho más sensible a la luz que el ojo normal. Sin embargo al final todos salimos del túnel y contemplamos con asombro lo que había a nuestros pies.

Estábamos en una plataforma en alto que sobrevolaba lo que debía de ser la sala de máquinas. Aún hoy no sé cómo funcionaba el *Maléfico* pero, solo por su tamaño, aquellos motores parecían tener potencia para dar y regalar: eran descomunales. La sala debía de ocupar toda la planta inferior del barco y estaba plagada de pistones y válvulas inmensas y engranajes grandes como la rotonda principal de Greenville. Salía vapor a chorro de válvulas de drenaje gigantes al tiempo que barras colectoras entrechocaban entre sí con un ruido ensordecedor. Me recordó a las fotos que había visto de las salas de máquinas de viejos transatlánticos como el *Titanic…* salvo porque en esas no había troles ni trasgos manejando la maquinaria.

Jai me tocó entonces el brazo y me señaló hacia un lado. Cuando me volví vi lo que movía los motores: una pared llena de arriba abajo de lo que parecían grandes tarros de botica o frascos de sidra de vidrio grueso. En el interior había una especie de resplandor de luciérnaga pero sin insecto: una suave luminiscencia que palpitaba al ritmo del martilleo de la maquinaria. Eran de muchos colores, de verdes luciérnaga a amarillos y naranjas fluorescentes y morados chillones. De la tapa de cada tarro surgía una gran cañería que daba a una enorme tubería en el techo y bajaba luego hasta el corazón del motor.

—Son nuestros hermanos… —murmuró Jai.

—Y hermanas —apostilló Jakon.

Probé a tocar un tarro frío con la mano y nada más rozarlo resplandeció con un naranja muy vivo, como si me reconociera. Los tarros contenían el combustible que propulsaba el acorazado: la esencia de Caminantes como yo, despojados de sus cuerpos, embotellados y esclavizados.

El cristal, o el material que fuese, parecía vibrar ligeramente. Lo único en que lo que podía pensar era en la escena de cientos de películas de miedo en las que alguien que ha sido poseído tiene un momento de cordura y ruega: «¡Matadme!».

—Podíamos ser nosotros —gruñó Jakon.

—Y todavía podemos —masculló Josef.

—Es una abominación —intervino Jo—. Ojalá pudiésemos hacer algo por ellos.

—Y podemos —replicó Jai con la boca torcida por la indignación. Con lo afable que parecía siempre, en ese momento sentíamos su rabia en el aire igual que la electricidad estática antes de la tormenta.

Arrugó el ceño y miró fijamente un tarro de cristal que teníamos poco por encima de nuestras cabezas. Me pareció verlo temblar, mientras Jai se concentraba cada vez más y cerraba los ojos hasta que… el tarro estalló con un sonoro «¡pop!», como un petardo. En su lugar se quedó suspendida una luz que se agitó nerviosa, como si no estuviese muy acostumbrada a la libertad.

Miré a los demás y todos estuvimos de acuerdo.

El cacharro de hierro que había cogido de la sala de procesado semejaba una alabarda, con una cuchilla a un lado de la cabeza y un martillo romo en el otro: la herramienta ideal para la tarea, que diría mi padre. Di un paso adelante y grité al tiempo que la blandía, con un alarido de salvaje que casi ahoga el sonido del arma al chocar con los botes. De una primera embestida saltaron hechos añicos unos cinco. El resplandor del interior refulgió hasta el punto de dejarme una imagen residual.

El resto del equipo se puso a la tarea con el mismo entusiasmo o más. El aire se llenó de cristales volando y luces estroboscópicas. Me detuve un momento para mirar hacia atrás y contemplar el maremágnum que estaba apoderándose de la sala de máquinas. Los pistones titubeaban, bombeaban desacompasados o se paraban del todo. De varias válvulas salía vapor con cada vez más furia hasta hacer explotar algunas tuberías. Trasgos, diablillos y demás secundarios de cuentos infantiles iban de un lado para otro aterrados, como gatos escaldados.

La máquina grande empezó a detenerse.

En aquel momento no me importó, lo único que quería era liberar las almas de todas las versiones de mí mismo de sus prisiones de cristal. Cada vez que rompía un bote, me sentía más fuerte y enérgico, más completo; más vivo en definitiva.

Me fijé en que Josef cantaba al tiempo que iba rompiendo frascos. Tenía una voz alta, de tenor. Me pareció oír que cantaba algo sobre una anciana, su nariz y varios arenques; y me pregunté de qué clase de mundo vendría mi amigo.

Y luego reparé en otra cosa: las luces no estaban apagándose al salir de los botes sino que se quedaban suspendidas en el aire; si acaso, se hacían más brillantes en sus colores palpitantes de gusanos de luz. Además, se estaban congregando por encima de nuestras cabezas. No sabía si lo que había quedado de ellos era consciente de lo que estábamos haciendo, pero poco importaba: nosotros sí que lo sabíamos.

Jakon rompió el último frasco, que se abrió y se partió en dos liberando el alma de su interior, que fue a reunirse con el resto.

Todo rezumaba electricidad. Y me refiero literalmente, porque era como si el aire estuviese sobrecargado. Tenía todo el vello del cuerpo erizado y me daba cosa tocar algo por si lo reducía sin querer a cenizas. Mientras, las luces seguían sobre nosotros.

Tal vez nos lo imaginásemos pero, de ser así, todos imaginamos lo mismo a la vez. Me gusta recordarlo de ese modo porque, en gran medida, ellos eran nosotros —o lo habían sido en otro tiempo, antes de ser masacrados y utilizados para propulsar un barco a través de los mundos—, y nos vimos contagiados por sus pensamientos.

Pensaron en «venganza», pensaron en «destrucción» y «odio». Y, observándonos, nos trasmitieron con sus pulsaciones una sensación muy similar a un «gracias».

Las luces de las almas empezaron a brillar con más fuerza, tanto fue así que todos menos Jakon y J/O tuvimos que apartar la vista. A continuación se movieron todas a una y me pareció oír el silbido del viento a su paso.

Abajo, entre las máquinas, los troles y los trasgos salían disparados por doquier llevados por el pánico. No se salvarían ni aunque el infierno se helase… literalmente. Cuando las luces cayeron sobre ellos en picado, fueron estallando en lo que parecía una imagen de rayos X que se iluminaba por un momento y luego desaparecía.

Las luces se abalanzaron sobre las máquinas. Supongo que yo también las odiaría si hubiese estado accionándolas con todo lo que tenía, con todo lo que era. Cuando las centellas alcanzaron los motores, desaparecieron, como si de algún modo el acero, el hierro y el bronce se las hubiesen tragado.

—¿Qué hacen? —preguntó J/O.

—Chist —repuso Jakon.

—Siento ponerme pragmático y eso —tercié—, pero es probable que lord Dogodaga y lady Índigo hayan mandado más tropas por el túnel. De hecho, me extraña que no…

—Calla —replicó Jo—, creo que va a explotar.

Y estalló, y fue maravilloso, como un espectáculo de luces, un castillo de fuegos artificiales y la destrucción de la torre de Sauron, todo junto…, hasta donde alcanzaba nuestra imaginación. Las máquinas del *Maléfico* empezaron a disolverse en luz, llamas y magia, todo ello seguido de un estruendo que se volvió un rugido prehistórico… hasta que explotaron.

—Se trata indefectiblemente de una conflagración supereminente —dijo Jai con una gran sonrisa en la cara.

—Qué bonito —coincidió Josef—. Es hermoso.

Si los motores del *Maléfico* tenían algún tipo de garantía, estaba quedando invalidada a base de bien.

Entonces, cuando el polvo se posó, lo sentí en la

mente: justo donde estaban antes los motores divisé un portal al Entremedias, el más grande que había visto nunca.

—Ahí abajo hay una entrada —informé al resto—. Supongo que todo el tejido del espacio-tiempo ha estado presionado por los motores y ahora que han desaparecido han dejado sitio para que pasemos.

Jakon gruñó desde lo más profundo de su garganta y dijo:

—Pues entonces mejor que nos vayamos yendo. Huelo a todo un batallón de escoria viniendo a por nosotros por el pasadizo.

—Y además —añadió Jai—, yo creo que nuestras amigas no han hecho nada más que empezar a luchar.

Miré y vi que tenía razón, que las centellas de almas brillaban más que nunca mientras se elevaban desde donde habían estado los motores y se abrían paso por el techo hasta la siguiente planta.

—Yo puedo llevarme a J/O volando —dispuso Jo—. Jai puede teletransportarse con Joey y Jakon. Pero Josef es demasiado grande para que lo lleve nadie.

Josef se encogió de hombros y respondió:

—No pasa nada, puedo saltar.

Todos sabíamos que era capaz de sobrevivir al salto. Mi única preocupación era que atravesase el suelo y se colase en el Noquier.

Pero no había tiempo para titubeos o para dudas. Oía cada vez más cerca el traqueteo de las botas por el túnel. Teníamos que irnos, y además el portal no seguiría allí mucho tiempo porque parecía bastante inestable.

—Chicos, lord Dogodaga tiene a Tono y no pienso irme sin él —les anuncié—. Me ha salvado la vida

203

varias veces…, a todos en realidad. Lo siento. Si queréis os ayudo a atravesar el portal pero yo me quedo.

Y en ese momento el primero de los soldados atravesó la puerta.

Capítulo 18

Se produjo un estruendo por encima de nuestras cabezas y un gran trozo de tubería se desprendió y cayó, pero sin llegar a darnos. Me pregunté qué estarían haciendo con el resto del barco las almas liberadas. Después me volví hacia la catástrofe más próxima.

En cuanto el primer soldado traspasó la apertura, Josef lo agarró igual que un niño coge a un soldadito de plomo y lo lanzó al suelo por un lado de la plataforma. Se le oyó gritar ligeramente en la caída.

—De modo que —me dijo Jai— declinas acompañarnos con el fin de desperdiciar tu vida neciamente por rescatar a una forma de vida multidimensional de compañía proveniente de… —No terminó porque tuvo que encargarse de otro puñado de monstruos soldados realmente feos a los que fue cogiendo de uno en uno, teletransportando y lanzando por la barandilla en diversos estadios de muerte.

—Sí, supongo que sí —respondí.

Suspiró e intercambió una mirada con Jo, que dijo:

—Por mí, bien.

—Por mí también —se unió Josef—. Estoy… eh, ¡sooo! —y envió a otro soldado de vuelta al pasillo llevándose de paso por delante a unos cuantos hombres como si fuesen bolos.

—Di por favor —me pidió J/O.

—¿Cómo?

—Que si me lo pides por favor te ayudaré a encontrar a tu animal de compañía.

—Por favor —le rogué.

Al cabo blandí mi alabarda y otro bicho soldado cayó entre gritos. Nos quedamos esperando pero no llegó nada más por el pasillo. Al parecer habían decidido abandonar esa estrategia.

—Mejor que nos demos prisa —nos instó Jakon—. Me da que este barco no va a seguir en pie mucho tiempo. Y lord Dogodaga seguro que no se queda para verlo. Conozco a los de su calaña.

—Nadie ha mencionado todavía el verdadero problema —repuse.

Jai sonrió y preguntó:

—¿De qué verdadero problema estaríamos hablando?

—Estamos en el fondo del barco y tenemos que llegar a la cubierta superior. Y lo más probable es que el camino más rápido sea por el pasillo por el que hemos venido.

—No tiene por qué —terció Jo, que señaló entonces hacia abajo—. Mirad allí.

Había una puerta muy aparatosa que daba a la sala de máquinas, un armatoste de cobre que justo se abría en ese momento, muy lentamente, con unos engranajes o goznes que chirriaron y se quejaron como la malvada Bruja del Oeste. Cuando se hubo abierto, la traspasó un pequeño pelotón de soldados maldecimales que se dispusieron en filas. Sin embargo no hicieron ademán de atacar, se quedaron sin más formando una sólida pared de carne y armas de cara a nosotros.

Tras unos segundos de tensión en los que nadie se movió, los soldados rompieron filas y dejaron a la vista a un único hombre, un ser cuya carne desnuda vibraba con las pesadillas que contenía.

—Muy buenas, Scarabus —le grité intentando sonar lo más confiado posible, a pesar de que me temblaba la piel tanto como a él—. ¿Qué tal va el crucero? Luego hay bingo y petanca.

—Desde el principio tuve la sensación de que Neville y lady Índigo te subestimaban, chico —me gritó a su vez—. Me habría encantado que me demostrasen que me equivocaba.

Puso la mano en una imagen pequeña de una cimitarra tatuada en el bíceps izquierdo y al instante estaba blandiendo una de verdad en la mano derecha, con la hoja grasienta y reluciente.

—Has destruido el *Maléfico* y has echado por tierra la conquista de los mundo Lorimare —prosiguió—. Lord Dogodaga tiene la intención de ocuparse de vosotros en persona. Creedme, vais a desear haber acabado en la olla.

«Bien —pensé—. Lord Dogodaga sigue en el barco.»

Jai me dio un toquecito en el hombro y me hice a un lado. Fijó entonces la vista en Scarabus y le habló sin subir el tono, aunque con una voz que se proyectó por toda la sala:

—Queremos ofreceros un trato a todos vosotros.

—No creo que estéis en posición de negociar nada. —Scarabus cortó el aire con la cimitarra.

—Pues yo creo que sí. Uno de nosotros luchará contigo y, si nuestro paladín gana, tú mismo, y solo tú, nos escoltarás hasta lord Dogodaga como hombres libres. En caso contrario podrás llevarnos ante vuestro señor en calidad de prisioneros.

Scarabus se quedó mirando un instante a Jai antes de echarse a reír. Era evidente por qué: desde su punto de vista, ganara quien ganase, él nos empujaría a las garras de lord Dogodaga. Yo tampoco entendía muy bien la diferencia. Al señor de Maldecimal se le podía tachar de muchas cosas, la mayoría desagradables —y mejor decirlas si no estaba delante—, pero desde luego tonto no era.

—¡Que se adelante vuestro paladín! —gritó Scarabus.

Jai sacudió la cabeza y repuso:

—Antes de nada tú y tus hombres tenéis que prometer que no nos haréis daño en caso de que ganemos.

Los soldados miraron a su jefe, que asintió.

—¡Lo juro!

—¡Y yo! ¡Y yo! —fueron repitiendo uno por uno los soldados, que parecían estar pasándoselo en grande.

—Estoy listo —le dije a Jai. Me olía que tenía un plan y solo podía esperar saber con tiempo de qué se trataba.

—¿Tú? —gruñó Jakon con cierto desprecio en la voz—. Dejádmelo a mí y le desgarraré la tráquea.

—¿Perdona? —intervino Josef—. ¿Os dice algo el más grande y el más fuerte? Venga, chicos, haced la cuenta multidimensional.

—No es una cuestión de fuerza —replicó J/O—, es de manejo de la espada. ¿Alguien se ha enfrentado alguna vez con una cimitarra? —Nadie respondió—. Pues bien, yo fui campeón olímpico de esgrima. Y he recreado combates históricos con sables, espadas… y cimitarras.

—Estamos en una ubicación mágica muy fuerte, y tú ya estás un tanto debilitado y eres el más pequeño, J/O. Este mundo no reconoce tus habilidades.

—No se trata de nanocircuitería ni de reflejos aumentados —insistió J/O—. Es una cuestión de destreza, y me siento muy capaz.

Todos se volvieron hacia mí y yo a mi vez interrogué con la mirada a Jai, que asintió.

J/O puso toda la cara de suficiencia que puede poner un ciborg.

—Jo, ¿puedes bajarme volando?

La chica asintió.

—Pues venga, pedidles una espada.

Me encogí de hombros y grité:

—¡Eh! ¿Tenéis una espada de sobra para nuestro paladín?

Uno de los soldados desenfundó una, avanzó un par de pasos, la dejó en el suelo y volvió a su sitio. Las risas fueron a más.

—Gracias —les dije—. Que disfruten ustedes del espectáculo. ¡Y no olviden dejarle propina al camarero!

Jo cogió a J/O y voló con él hasta el suelo, donde el ciborg cogió la espada —que era casi tan larga como él de alto— y le hizo una reverencia a Scarabus.

Los soldados se rieron con más fuerza aún. Si hubiese sido posible matar a alguien de la risa, ya habríamos ganado. Scarabus alzó la vista hacia nosotros y nos preguntó:

—Pero, bueno, ¿me mandáis al más pequeño con la esperanza de que me apiade de él o qué? —Sonrió de oreja a oreja y replicó—: ¡Pues nada más lejos! —Y acto seguido levantó la cimitarra y cargó contra nuestro amigo.

Era bueno, muy, muy bueno.

El problema era —y pronto resultó evidente tanto para nosotros como para el tatuado y sus soldados— que J/O era mejor. Desde que se cruzaron por primera vez las hojas, fue mucho pero que muchísimo más rápido. Daba la impresión de que sabía exactamente dónde estaba la cimitarra de Scarabus en todo momento del combate y se cuidaba de estar en cualquier otro lado.

Lo que más recuerdo es el ruido de la pelea. Cada vez que entrechocaban los aceros, la sala reverberaba con el sonido del metal contra el metal. Todavía puedo oírlo.

Scarabus no tardó en abandonar la noción de pelea de espadas elegante e intentar ganar aprovechándose de su tamaño y su fuerza, con unos golpes que mi ciberyo apenas alcanzaba a esquivar o bloquear.

Pero entonces J/O tropezó y Scarabus preparó la estocada final, bajó el acero con toda su fuerza, gritó victorioso… y nuestro amigo se echó hacia un lado más rápido que el viento al tiempo que levantaba la espada.

El hombre viñeta quedó empalado por la espada de J/O y no llegó a terminar su grito triunfal. No chilló ni emitió sonido alguno, se limitó a asir el metal con ambas manos y mirar a su contrincante con cara de asombro.

Cuando cayó al suelo el infierno se desató: la piel le hirvió, como si todos los tatuajes hubiesen estado presos en su carne y se liberasen con su muerte. Monstruos, demonios, cosas a las que no sabría poner nombre se alzaron y se alejaron de él expandiéndose y materializándose…

Hasta que se paralizaron y se congelaron por un

instante en pleno vuelo. Y entonces fue como ver una película rebobinada: los tatuajes volvieron a su origen en un remolino de tintas y formas y en cuestión de segundos estaban de nuevo al resguardo de su piel. Scarabus se incorporó sobre un codo, tosió sangre y se la enjugó con una mano ilustrada.

—Me has costado una vida —le dijo a J/O—. ¡Toda una vida, sabandija enana!

A mi lado Jai le preguntó con toda la calma del mundo:

—¿Serías tan amable de acompañarnos en presencia de lord Dogodaga sin hacernos nada?

—No me queda más remedio. Os he dado mi palabra, y aquí hay demasiada magia viva en el aire como para retirarla.

Dos soldados le ayudaron a ponerse en pie, mientras Jai, Josef, Jakon y yo nos reunimos con J/O abajo en la sala de máquinas.

—Bien hecho —felicité a J/O, y se lo dije en serio.

El chico se encogió de hombros pero sus ojos no pudieron disimular su goce.

Echamos a correr, todo lo rápido que se podía, por un estrecho tramo de escaleras de madera. En cada piso que pasábamos veíamos caos: gente y cosas que no eran gente huyendo despavoridas y gritando.

Scarabus nos maldijo y nos pidió que redujéramos la marcha porque se había quedado muy atrás. Lo ignoramos: al *Maléfico* no le quedaba mucho tiempo.

—Esto se parece más al *Titanic* que al *Maléfico* —le comenté a Jo entre jadeos. Había un montón de escaleras.

—¿El *Titanic*?

—Un barco muy grande de mi Tierra. Chocó contra un iceberg y se fue a pique, sobre 1920 o así.

—Ah, ya. Como la catástrofe del *King John*.

—Sí, bueno —le dije, justo cuando un trozo de barco se desprendió al lado de nosotros y cayó al No-quier dando bandazos.

Seguimos corriendo por más escaleras, pasillos y peldaños hasta que nos encontramos allí: a las puertas del salón de actos, donde había visto a lord Dogodaga hacía una hora.

Me detuve y los demás me imitaron.

—Eh, ¿qué pasa? —quiso saber Josef.

—Está ahí dentro —respondí—. Pero no me preguntéis cómo lo sé.

Jai asintió y dijo:

—Estupendo.

Josef tiró la puerta de una patada y entramos todos a una.

Capítulo 19

*L*a sala estaba a oscuras y la única fuente de luz provenía de un resplandor verde luciérnaga que llegaba desde el otro extremo. Esperamos junto a la puerta, sin querer avanzar hasta que se nos acostumbrasen los ojos a la penumbra.

De repente un gruñido almibarado susurró en la oscuridad:

—Hola, niños —nos saludó lord Dogodaga—. ¿Qué? Habéis venido a regodearos, ¿no?

Avanzamos y vimos una silueta negra perfilada contra el resplandor verde.

—No —repuso Jo—. Nosotros no nos regodeamos, somos los buenos de la película.

Se oyó un bufido y la luz se hizo más intensa.

Vi entonces lo que estaba ocurriendo: las almas de los Caminantes, las que habían salido de los tarros, estaban suspendidas en el aire y hechas una piña como un enorme enjambre de abejas. De cara a ellas, con las manos hundidas en el centro de la colmena, estaba lord Dogodaga, que parecía estar conteniéndolas allí; sin embargo el esfuerzo era tal que lo estaba pagando con energía y sudor. Resollaba más de lo habitual y no se volvió para mirarnos cuando nos acercamos.

—Estas mosquitas muertas me están dando bastantes problemas —comentó entre jadeos lord Dogodaga—. Al liberar los espíritus me habéis hundido el barco y la invasión a los Lorimare.

—¿Y la Noche de Escarcha? —le pregunté.

Se volvió para mirarnos y el enjambre aprovechó para palpitar con más fuerza. Una de las luces diminutas se apartó del resto, se abalanzó sobre la cara de Dogodaga y le arañó la mejilla. El señor de Maldecimal pareció a punto de caerse pero recuperó el equilibrio y ladró:

—No. La Noche de Escarcha vendrá igualmente, no importa lo que me pase a mí.

Se produjo un temblor y una colisión al derrumbarse algo bajo nuestros pies; cada vez eran más frecuentes los sustos así.

—¿Qué hace aquí? —le pregunté—. ¿A estas alturas no debería estar en un bote salvavidas o algo por el estilo?

Era como el bramido de un toro o el gruñido de un tigre.

—¿Es que no tienes ojos en la cara, chico? Esta absurda pelota de espíritus rehogados me tiene atrapado.

Rezongó e intentó en vano hacer fuerza para apartarse pero la luz verde luciérnaga brilló con más intensidad y empezó a tirarle de los brazos mientras se extendía lentamente como un aceite verde. Tenía sentido: si a mí me hubiese tenido metido en un bote de cristal durante años —después de infligirme dolor a espuertas para ayudarme a «centrarme»—, sé lo que me habría gustado hacerle: causarle daño en la misma medida en que él me lo hubiese causado a mí. Lo habría dejado en el barco hasta que explotase, se viniese abajo o lo que quiera que hagan en el Noquier los barcos saboteados.

Josef me tocó en el hombro.

—¿Joey? Esto es cosa tuya. Lo que vayas a hacer es ahora o nunca.

Asentí, respiré hondo y di un paso adelante para enfrentarme a aquellos ojos del color del cáncer, de la bilis, del veneno. Los miré fijamente a pesar de que cada fibra de mi cuerpo me pedía a gritos que echara a correr.

—Quiero que me devuelvas a mi fóvim —le exigí.

Toda su cara de hiena se contrajo por un momento en una expresión divertida. Podía verlo cavilar sobre el hecho de que tenía en su poder algo que yo deseaba.

—Ajá… O sea que no habéis venido hasta aquí solo para presenciar mi muerte. Quieres a tu mascota.

—Sí.

Un rayo de luz refulgió en el enjambre de almas y lord Dogodaga se estremeció.

—Pues entonces sácame de aquí si quieres a tu amiguito. Tendrás que liberarme porque ahora mismo ni siquiera puedo darte el prisma, con las manos ocupadas como las tengo.

—¿Por qué deberíamos fiarnos de ti? —replicó Jakon.

—Ni podéis ni debéis. —Hizo una pausa, gruñó e intentó concentrarse, pero entonces lanzó un gemido. Era lo más cerca que había visto a lord Dogodaga de una muestra de debilidad, de sufrimiento. Tengo que admitir que no me dio tanta satisfacción como había imaginado; con todo, distaba mucho de sentir pena por él—. Si quieres a tu mascota, ¡por lo más sagrado, ayúdame! No aguantaré mucho más. Es más dolor del que puedo soportar. Y soy capaz de resistir bastante…

Vacilé un instante.

—Ni siquiera sé si puedo ayudarle. ¿Por qué no nos da el prisma y nos dejamos de historias?

—Bueno, entonces tendrás un prisma con un uróboros dentro. Tengo que abrírtelo yo.

El barco dio una sacudida repentina y todo se ladeó cuarenta y cinco grados. Me resbalé en el suelo de madera y fui a dar contra la pared. Me aparté rodando justo a tiempo para esquivar a lord Dogodaga, que fue a parar al mismo sitio solo que con más fuerza. Se incorporó como pudo entre gañidos.

Quise probar a meter la mano en la luz resplandeciente.

Odio.

Y el odio me embargó la mente.

Deseo de venganza.

216 Todos los espíritus —y eran unos cientos en el enjambre— seguían retorciéndose y debatiéndose con el dolor. Estaban llenos de odio: hacia el barco, hacia Maldecimal, hacia lord Dogodaga y lady Índigo; el odio era lo único que lograba distraerlos del dolor.

Era horrible tener en mi mente a cientos de versiones de mí mismo gritando. Debía ponerle fin.

—Se acabó —les dije, sin saber muy bien qué estaba diciendo—. Nadie volverá a haceros daño. Sois libres, dejadlo estar, seguid vuestro camino.

Intenté pensar en cosas buenas para secundar los pensamientos que estaba enviándoles: cálidos días de verano, noches de invierno junto a la chimenea, tormentas… Al rato me quedé sin tópicos emotivos y me concentré en mis recuerdos familiares, como el olor de la pipa de mi padre, la sonrisa del renacuajo, la piedra que me colgaba del cuello, la que me había dado mi madre antes de partir.

La piedra…

Sin poder explicarme el por qué, me llevé la mano al cuello y la saqué. Al colgar de mi mano destelló con los parpadeos y las palpitaciones de las almas. Y entonces me fijé en algo peculiar: la piedra no estaba reflejando las luces sino que estaba acompasada con ellas, armonizaba con los destellos de colores. Reparé también en que las luces de luciérnaga empezaron a cambiar, a palpitar y arder en sincronía. De haber sido un sonido en lugar de una luz, habría escuchado dos melodías en contrapunto materializándose poco a poco.

Estaban a punto de creerme, podía notarlo; a punto pero no del todo.

—Deje de combatirlas —le ordené a Dogodaga.

—¿Qué?

—Mientras siga luchando contra ellas no cesarán en su empeño de destruirlo. En cuanto pare, lo dejarán en paz.

—¿Por qué… —tomó aire—… por qué habría de creerte?

—¿Otra vez con lo mismo? Deje ya de combatirlas.

Así lo hizo: relajó todos los músculos y sentí al instante, casi la oí, cómo se desvanecía la tensión. «¿Lo veis? —les dije a las centellas en mi cabeza, sin darme cuenta de que no les hablaba en voz alta—. Ahora soltadlo.»

La luz empezó a brillar con más fuerza hasta llenar la habitación de una refulgencia cegadora. Cerré los ojos y los apreté con fuerza pero el resplandor me ocupaba cabeza y mente. Después creí oír una especie de adiós, aunque tal vez lo imaginé. La luz se desvaneció a continuación y también la piedra de mi madre se apagó.

Toda la estancia se quedó a oscuras.

—Cógelo —me dijo la voz de lord Dogodaga al tiempo que notaba algo afilado y frío en la mano.

—Gracias —le dije sin pensar.

Algo parpadeó y un candelabro cercano se encendió de golpe. Vi que tenía a Dogodaga a mi lado, con su aliento pestilente y tal odio reconcentrado en los ojos que podía haber apagado el sol. Sacó los colmillos y estaba tan cerca de él que vi unos gusanos microscópicos reptando por ellos.

—A mí no me des las gracias, microbio —susurró desde su hocico machacado—. La próxima vez que nos veamos te chuparé la cara hasta dejar solo el cráneo y usaré tus tripas de hilo dental. Me has costado muy caro, así que no te atrevas a darme las gracias en tu vida.

Ladeó la cabeza como si estuviese escuchando algo y de repente aulló con fuerza cual lobo enloquecido.

—Vienen mis camaradas —anunció.

—Abra el prisma de Tono o les digo a los espíritus que vuelvan.

Sus dientes afilados destellaron con la luz de las velas.

—Mientes, no puedes hacer eso.

Tenía toda la razón, desde luego. Yo no era capaz pero él tampoco podía saberlo a ciencia cierta. Agarré el colgante de piedra con la mano que tenía libre y lo amenacé:

—Vamos a averiguarlo.

Aunque me penetró con sus ojos rojos, fue el primero en ceder. El prisma empezó a adquirir un tacto helado, como el casco de una nave espacial.

—No se abrirá del todo en mi presencia —gruñó lord Dogodaga, que me cogió entonces y me levantó del suelo—. Así que me temo que es hora de que te despidas, Caminante.

Me tiró como un lanzador olímpico de jabalina desecha un mondadientes. Recorrí volando toda la habitación, con tanta fuerza que de haber impactado contra la pared del fondo me habría roto la mitad de los huesos del cuerpo. Por fortuna Jo lo evitó al lanzarse a por mí volando y detenerme. Aterrizamos suavemente y al cabo de un momento ya estaba rodeado por todo mi equipo. Me puse en pie pero de no ser por Jakon, que me agarró, me habría vuelto a caer porque el barco se tambaleó una vez más. Ahora todo temblaba y por doquier se veían abrirse grietas y desprenderse trozos del casco.

Dogodaga volvió a aullar y la pared del fondo estalló hecha astillas. En el no espacio junto al barco había algo colgando, una especie de alfombra mágica reconvertida en bote salvavidas. Distinguí a lady Índigo, Scarabus, Neville y un puñado de bichos que debían de ser otros gerifaltes de Maldecimal.

Lord Dogodaga gruñó y saltó a la balsa con tanta fuerza que al pisar catapultó al Noquier a un bicho que estaba en el borde del bote.

Y después, como un mal recuerdo, la balsa desapareció y el *Maléfico* siguió cayéndose a pedazos a nuestro alrededor.

—¿Dónde está el portal? —gritó Jai.

Iba a decirle que lo teníamos justo debajo cuando me di cuenta de que había cambiado de sitio y se había desplazado hacia mi derecha, a varios cientos de metros.

—¡Está por allí! —respondí señalando al portal.

En ese momento el techo empezó a venirse abajo y echamos a correr.

—¡Fuera! —aulló Josef—. ¡Vayamos hacia la cubierta! ¡Es nuestra única oportunidad!

—Menos hablar y más correr —aconsejó Jakon.

Sentía el prisma cada vez más frío y húmedo en mi mano. Era una sensación extraña, familiar, aunque no era el momento de pararse a mirarlo, corriendo como estaba para no quedarme atrás. Sin embargo entonces empezó a gotear: era hielo, comprendí conmocionado; nada más que hielo derretido. Esperaba que lord Dogodaga no me la hubiese jugado.

Una parte del suelo empezó a derrumbarse bajo nosotros. J/O, Jakon, Jai y Jo lograron cruzar hasta la escalera más cercana, mientras que Josef y yo nos quedamos atrapados al otro lado, con un hueco entremedias de unos tres metros de ancho por el que surgían llamas que estaban propagándose por el suelo a nuestra espalda.

—Jamás saldremos de aquí con vida —dijo alguien. (Creo que fui yo…)

Los tablones bajo mis pies empezaron a desprenderse y di un paso hacia atrás, hacia lo que creí que era un apoyo más firme, aunque no fue así.

Debajo no tenía más que fuego pero, antes de caer en él, alguien me cogió del cinturón al tiempo que la cubierta desaparecía por completo.

—Eh, relaja el cuerpo o tendré que soltarte—me dijo Jo.

Le hice caso y entonces batiendo las alas se apartó del agujero y me dejó en una parte intacta de la cubierta. Al cabo regresó para rescatar a Josef, que estaba colgado de un palo.

—¿Estás bien? —me preguntó Jakon. Asentí, y abrí entonces la mano donde llevaba el prisma. Había desaparecido.

—Me ha engañado —balbuceé—. Me la ha jugado.

Jakon sonrió y me dijo señalando hacia arriba:

—No lo creo.

Cuando alcé la vista vi a Tono suspendido en el aire: pálido y gris, pero allí estaba. Qué alivio me dio…

—¡Tono, has vuelto! ¿Estás bien?

Un leve sonrojo rosado se extendió por la superficie de la pompa del fóvim.

—Creo que está dolorida —comentó Jakon.

Me pregunté por qué habría hablado en femenino pero no había tiempo de abordar un tema que se prometía complejo.

—El camino más rápido es por aquí —les indiqué señalando la pared.

J/O se adelantó y apuntó con su brazo armado. No vi lo que hizo porque el humo era tan denso que no se distinguía nada, ni tampoco resultaba fácil respirar.

—¡Aprisa! —grité entre toses.

Al instante vi un fogonazo de luz morada a través de mis párpados cerrados, oí una especie de «fiuuuuu» y de repente sentí aire fresco en la cara. Alguien me empujó hacia delante y aparecimos todos en la cubierta de proa del *Maléfico*.

—Ahí está el portal —anunció Josef—. Mirad.

Lo vislumbramos a un lado del barco, a varios cientos de metros, refulgiendo en la singularidad del Noquier.

—¿Cómo vamos a llegar hasta allí?

—Jo, ¿puedes navegar en el éter? —preguntó Jai.

—¿Que si puedo volar hasta allí? —La chica vaciló—. No lo sé, es probable que no.

—Es absurdo —gruñó Jakon—. Vamos a morir en este barco hediondo con un portal en nuestra cara.

Volví a mirar el «agujero» en el «cielo». Parecía más pequeño, como si nos hubiésemos alejado, pero no se trataba de eso: era la puerta la que estaba encogiendo.

Miré a Tono y le pregunté:

—¿Podrías sacarnos de aquí?

Palpitó en un gris taciturno; era evidente que el tiempo en el prisma le había pasado factura.

—Bueno, y ¿acercarnos hasta el portal?

De nuevo el gris cenizo en respuesta. No, no podía ni con eso.

—Vale, ¿y podrías llevar al menos a uno?

Hubo una pausa y luego un azul positivo le iluminó la superficie.

—Estupendo —dijo J/O—. De modo que tú vives y nosotros la palmamos. Es genial, vamos… Y con genial, por si os queda alguna duda, me refiero a que vaya mierda.

—Qué pena —repuse—, porque estabas empezando a caerme bien después de la lucha de espadas. Vamos a salir todos de aquí, y a quien quiero que se lleve Tono es a Josef.

—¿A mí? —se asombró Josef con el ceño fruncido.

—Eso es —corroboré. Se produjo otra explosión a nuestros pies y otro trozo grande de barco se desintegró en astillas—. Rápido, necesitamos aquellas jarcias de allí y… ¡sí! Hay un trozo de mástil, también nos va a hacer falta.

Jakon cogió las jarcias, que eran del tamaño de un par de sábanas enredadas, y Jai, con poco esfuerzo, hizo levitar uno de los extremos del mástil roto por encima de la montaña de palos partidos y maderas. Jo lo cogió del otro lado y Josef y yo lo acarreamos hasta el punto que les había indicado.

Envolví el mástil con las jarcias y las até por ambos extremos. No ganaría ningún premio al diseño pero serviría…, esperaba.

—Bueno, y ahora crucemos los dedos para que no haya mucha inercia en el Noquier. Josef, ¿cómo se te da el lanzamiento de jabalina?

—¿Por qué?

—Porque quiero que nos lances hasta el portal —le expliqué.

Todos se me quedaron mirando como quien ha depositado sus últimas esperanzas en alguien solo para descubrir en el peor momento que está como una cabra.

—Tú estás chalado. La luna te ha nublado la razón —repuso Jakon.

—No —les respondí a todos—. Tiene todo el sentido. Nosotros nos agarramos de las jarcias y Josef lanza el mástil contra el portal. Todavía es bastante grande, aunque se está encogiendo a gran velocidad. Llegamos allí, lo abro y luego Tono trae a Josef.

Intercambiaron una mirada y al cabo Jo dijo:

—Visto así, suena de lo más sensato.

—Suena como si los gusanos le hubiesen roído el cerebro —terció Jakon.

—Ha petado —coincidió J/O—. Un colapso nervioso del sistema.

—Josef, ¿crees que podrías lanzarnos hasta tan lejos? —le preguntó Jai.

El chico se agachó para calibrar el peso del mástil, que era muy largo pero más delgado que un poste de teléfonos. Aunque gruñó por el esfuerzo, acabó asintiendo.

—Sí. Yo creo que sí. Puede ser.

Jai cerró los ojos e hizo varias respiraciones profundas, como si meditara, antes de anunciar:

—Muy bien, lo haremos como ha propuesto Joey.

—Tono, tienes que quedarte aquí en la cubierta y llevar luego a Josef una vez que nos haya lanzado —le expliqué—. ¿Podrás hacerlo?

Por una esquinilla resplandeció en verde.

—¿Cómo sabes que te entiende? —me preguntó Jo.

—¿Tienes una idea mejor? —repuse, pero mi compañera sacudió la cabeza.

Empujamos el mástil hasta un lado del barco con la punta ligeramente inclinada hacia arriba, hacia el portal, que seguía palpitando en la desolación como el holograma de una nebulosa, a unos cientos de metros.

—Vamos allá —le dije a Jo. Todos salvo Josef nos montamos en el mástil y nos agarramos con fuerza a las jarcias.

—Venga, Josef. Dale fuerte.

Mi compañero cerró los ojos, gruñó y ¡nos propulsó!

Lentamente nos fuimos alejando del barco, medio cayendo, medio volando, medio surcando el Noquier hasta el portal.

—¡Funciona! —gritó Jakon.

Sir Isaac Newton fue el primero (al menos en mi Tierra) en enunciar las leyes de la mecánica. Son bastante sencillas: un objeto (pongamos por caso, un trozo de mástil con cinco jóvenes montados a lomos de él), si se deja a su aire, según la primera ley, se mantendrá en una condición inalterable; la segunda ley señala que un cambio en el movimiento significaría que algo (como Josef) ha actuado sobre el objeto; la tercera afirma que a cada acción le sigue una reacción de exactamente la misma fuerza pero en dirección contraria.

A mi entender la primera ley significaba que tendríamos que haber seguido flotando hacia la entrada menguante hasta alcanzarla. Es cierto que había aire o éter, o lo que estuviésemos respirando, pero la simple fricción atmosférica no nos ralentizaría hasta el punto de detenernos antes de llegar. Así que mi plan era infalible, ¿no?

Como he dicho antes, el problema es que hay sitios donde las leyes científicas no cuentan más que una opinión cualquiera, y bastante cuestionada, por lo demás; y sobre todo en lugares donde el potencial mágico supera en poder a las leyes científicas, como el propio Noquier...

Y los miembros de Maldecimal lo sabían.

Estábamos todavía a nueve metros del portal cuando nos detuvimos en seco y nos quedamos suspendidos en el espacio.

En ese momento, a nuestras espaldas, oímos una voz tan dulce como un caramelo envenenado; una voz de la que no hacía tanto habría matado por oírle unas palabras de alabanza. Por la cara del resto supe que habían pasado por lo mismo.

—No, Joey Harker —dijo la voz—; de escaparse en el último minuto ni pensarlo.

Todos a la vez, los cinco y Josef en el *Maléfico*, nos volvimos...

... para ver ante nosotros a lady Índigo.

Capítulo 20

*E*staba suspendida en el aire entre nosotros y el *Maléfico*, aunque escorada hacia un lado. Seguía con un brazo alzado, todavía en la postura de acabar de echar un conjuro para detenernos. Mientras hablaba, levantó el otro brazo y empezó a alejarse del *Maléfico*

para acercarse a nosotros.

—Te felicito, Joey Harker. Has hecho lo que nadie creía posible: acabar con el *Maléfico* y su misión. Lord Dogodaga ha regresado ya al cuartel general de Maldecimal y me ha encargado que te lleve ante él. Estoy deseando hacerlo, créeme. Ahora que la invasión de los mundos Lorimare ha quedado abortada, no tendrá otra cosa en que ocupar su tiempo que en planear su venganza contra ti.

Se posó en el borde del mástil y empezó a trazar en el aire el camino luminoso del mismo sortilegio que había usado contra mí en una de las innumerables Greenvilles alternativas. Mientras gesticulaba, comenzó a declamar el conjuro que una vez más habría de convertirnos a los seis en sus esclavos.

Sabía que tenía que actuar o estaríamos perdidos. Una vez frustrada la misión de conquista, nada evitaría que lord Dogodaga utilizara todo su potencial y sabiduría para arrancarnos de la mente el secreto de InterMundo. Si lady Índigo completaba su conjuro, el juego se habría acabado para todos, y para todos los mundos.

Pero no sabía cómo pararla. Con una breve ojeada a mis compañeros de equipo comprobé que ya habían caído bajo su influjo: tenían los ojos vidriosos y los músculos tensos. Y sentía asimismo cómo la voluntad de ella me cosquilleaba las esquinas de la mente, susurrándome seductora lo fácil y adecuado que sería hacer todo lo que me dijese…

Casi había terminado el conjuro y su sonido reverberaba en el aire y palpitaba al ritmo del signo resplandeciente. Sentí que se me alzaban las manos y empezaban a hacer un gesto de obediencia hacia ella, lord Dogodaga, Maldecimal…

Tenía que distraerla de alguna forma, de modo que miré a mi alrededor en busca de algo que tirarle para mermar su concentración. Me metí la mano izquierda en el bolsillo, pese a saber que sería inútil… y entonces mi puño se cerró en torno a una bolsita de polvo.

Apenas lo pensé, actué sin más: saqué el saquito del bolsillo y se lo arrojé.

No sabía qué pasaría, en el caso de que realmente ocurriese algo. Fue un gesto desesperado, ni más ni menos. Como he dicho, lo más que pretendía era lograr distraerla por unos instantes.

Pero fue mucho más allá.

Cuando la bolsa le dio, se evaporó y soltó un extraño polvo carmesí que la rodeó y la envolvió en un tornado en miniatura; pareció asombrada y luego asustada. Movió los brazos para defenderse y abrió la boca para invocar un hechizo en contra pero no le salió sonido alguno. El polvo giró más y más rápido y sentí cómo iba disminuyendo la eficacia de su influjo. Miré al resto y comprobé que también ellos estaban saliendo.

Teníamos pues una oportunidad, la única, para escapar.

El portal, que había tenido treinta metros de ancho cuando estábamos en la sala de máquinas y algo menos de la mitad cuando dejamos el barco atrás, empezaba ya a evaporarse.

—¡Jo, aletea! —grité—. Y Jai… ¿puedes llevarnos levitando hasta el portal?

—No estoy enteramente seguro —admitió.

—Pues tendrás que estarlo. Pon toda la carne en el asador.

En cuanto a mí, me concentré en el portal: al fin y al cabo yo era Caminante. Sondeé, hice fuerza hasta tocarlo con la mente y, valiéndome de todos mis recursos, mantuve la puerta abierta.

Y con una lentitud horrible —pero realmente horrorosa, como un tren atravesando un pueblecito sureño en un caluroso día de verano—, el mástil empezó a avanzar hacia el portal.

—¡Funciona! —chilló J/O.

Miré de reojo a lady Índigo para asegurarme de que no nos causara más problemas. No tenía pinta: en los torbellinos carmesíes se disparaban flashes de luces y todos parecían estar iluminándola desde dentro, como si tuviese la carne traslúcida y se le vieran los huesos. Se retorcía en agonía, con la boca abierta en un grito que nadie oía.

El portal, sin embargo, se estaba cerrando y yo no podía hacer nada más.

—¡J/O, Jakon! —grité—. ¡Ayudadme, que no se cierre el portal!

Noté cómo la fuerza de sus mentes hacía un esfuerzo conjunto con la mía, mientras la entrada seguía encogiéndose y desvaneciéndose.

No íbamos a conseguirlo, no nos daría tiempo y...

El *Maléfico* explotó arrojando una gran nube negra y grasienta que se expandió en todas direcciones como un hongo atómico. Creo que si nos hubiera ocurrido lo mismo en el Estático o en un mundo con más fe en la ciencia, la ola expansiva nos habría matado. Allí, en cambio, sentí una ráfaga de aire muy tórrida que propulsó el mástil, y a nosotros con él, hasta el portal... ¡y a través de él!

Con la misma facilidad que girar una llave en un cerrojo, nos deslizamos por el portal hasta la locura acogedora del Entremedias.

El mástil y las jarcias se evaporaron en cosas que se escabulleron, como arañas y gruñidos caricaturescos con sabor a pomelo. Miré hacia atrás por la cada vez más estrecha rendija del portal, pero ya no se veía por ninguna parte a lady Índigo, o a lo que quedara de ella. Luego el portal parpadeó y hasta hoy sigo sin saber lo que ocurrió más allá.

—¿Qué pasa con Josef y Tono? —preguntó Jo.

En ese momento se oyó un sonido efervescente y se produjo una lluvia de centellas esmeraldas. Josef cayó del cielo delante de nosotros rodeado por una delgada forma redonda que se fue encogiendo ante nuestros ojos. Vino hacia mí y se acopló en la locura, cabeceando como un globo en una brisa primaveral.

—Ya estoy aquí. Volvamos a casa —dijo Josef.

¿A casa? Sentí una punzada de dolor cuando pensé en mis padres y mis hermanos, en sitios y personas que probablemente no volvería a ver. Me llevé la mano al cuello y a la piedra que me había dado mi madre en mi última noche. «Estás haciendo lo correcto», me animó en el recuerdo.

«Gracias, mamá», dije para mis adentros, y el dolor se alivió, si bien nunca se iría del todo.

Pensé entonces en mi casa, mi nuevo hogar.

$$\{IW\}:=\Omega/\infty$$

nos llevaría de vuelta, donde quiera que estuviese oculto.

Caminé y el resto me siguió.

Capítulo 21

Estábamos todos reunidos en la antesala del despacho del Abuelo: Jai, Josef, Jo, Jakon, J/O y yo. Llevábamos allí esperando casi una hora; nos habían convocado justo antes del desayuno y habíamos venido directamente. Y allí estábamos… espera que te espera.

Por fin se oyó un zumbido en el despacho y la asistente entró para regresar al punto y venir hacia mí.

—Quiere hablar primero contigo a solas. Los demás, esperad aquí.

Sonreí de oreja a oreja a mis amigos mientras entraba. Si no iba andando a dos palmos del suelo era porque iba a tres o… ¡que sean cuatro! Porque, bueno, puede que no llevase mucho tiempo en Inter-Mundo pero sabía que había —habíamos— conseguido algo realmente alucinante. Los seis solitos habíamos vencido a las tropas de invasión de Maldecimal y habíamos destruido el *Maléfico*. Al menos una decena de mundos conservarían su libertad gracias a nosotros.

No es que me guste alardear pero por ese tipo de cosas es por las que te dan medallas.

Fantaseé con qué diría si me colgaba una medalla: ¿le daría simplemente las gracias o me extendería y le contaría que era un honor y que solo había hecho lo que cualquiera en mi lugar habría hecho? ¿Tartamudearía abochornado como los actores cuando ganan un Oscar?, ¿o me quedaría callado?

No podía esperar para averiguarlo.

¿Y qué había de un ascenso? «Asumámoslo: yo sería un líder de equipo estupendo.» Levanté ligeramente la cabeza y saqué pecho. Pura carne de oficial.

En el despacho del Abuelo no había cambiado nada. Allí seguía el escritorio enorme que ocupaba media habitación, con todos los papeles, carpetas, discos repartidos en montículos y montañas; y, al otro lado, el Abuelo tomando notas. Como no pareció darse cuenta de mi presencia, me quedé allí de pie esperando.

Y así seguí varios minutos hasta que por fin cerró la carpeta que tenía delante y alzó la vista.

—Ah, Joey Harker.

—Sí, señor. —Intenté sonar humilde pero me costó lo suyo.

—He leído tu informe, Joey, y hay una cosa que no me queda clara. ¿Qué estímulo exactamente fue el que hizo que recuperases la memoria?

—¿La memoria? —La pregunta me había pillado por sorpresa—. Fue la pompa de jabón, señor. Me recordó a Tono y a partir de ahí me volvió todo lo demás.

Asintió y anotó algo en el informe.

—Tendremos que tenerlo en cuenta para futuros condicionamientos amnésicos. Ignoramos muchas cosas sobre los fóvims. Por ahora te dejaremos quedarte con el tuyo en la base pero el permiso puede ser revocado en cualquier momento.

El ojo de LED despidió un destello. Hizo otra anotación y volvió a la escritura mientras yo seguía allí de pie preguntándome si se habría olvidado de mi presencia.

La cosa no estaba yendo como había imaginado.

—¿Señor?

Alzó la vista.

—Me pregunta si…, bueno, he pensado que quizá debamos recibir algún… No sé, en fin, volamos por los aires el *Maléfico* y…

Lo dejé estar. Sin duda la reunión distaba muy mucho de la idea que me había hecho.

Suspiró largo y tendido, con un gesto de agotamiento y sabiduría, el mismo suspiro que te imaginarías que dio Dios, tras seis días de duro trabajo y unas ganas tremendas de descansar, cuando de repente un ángel le trajo un parte de incidencias sobre alguien que se comió una manzana.

—Llama al resto y que pasen.

Mis compañeros entraron en el despacho y tuvimos que apiñarnos para caber todos bien.

Nos dio un buen repaso con la mirada. Se me hizo extraño que él estuviese sentado y nosotros de pie, cuando en realidad parecía todo lo contrario: como si se cerniera sobre nuestras cabezas.

A Josef, Jo y Jakon se les veía a gusto consigo mismos, mientras que J/O lucía una sonrisa tan grande que parecía untada por su cara como mantequilla de cacahuete. El único que no daba muestras de estar muy emocionado era Jai.

—Bien —empezó el Abuelo—. Al parecer Joey es de la opinión de que vosotros seis merecéis algún tipo de medalla, o al menos un reconocimiento, por el trabajo tan espectacular que habéis hecho. ¿Alguien más comparte esa visión?

—Sí, señor —intervino J/O—. ¿Le ha contado cómo le gané a Scarabus con la espada? Les dimos para el pelo.

Los demás corroboraron con murmullos o se limitaron a asentir.

El Abuelo hizo un gesto de entendimiento y luego miró a Jai.

—¿Y bien?

—Estimo que ejecutamos una misión notable, señor —opinó Jai.

El ojo del Abuelo destelló.

—¿Ah, sí? ¿Eso crees? —le preguntó antes de respirar hondo y empezar.

Nos dijo lo que pensaba él de un equipo que no podía completar ni una simple misión de entrenamiento sin armar un cisco; que todo lo que habíamos logrado había sido por pura potra; que habíamos quebrantado todas las normas de los libros y algunas que ni siquiera se les habría ocurrido poner en un manual o en un código por mero sentido común; que si existiese una pizca de justicia en alguno de los millones de mundos nos habrían hecho puré y nos habrían metido en frascos; que nos habíamos comportado como unos presuntuosos, unos pardillos y unos ignorantes; que habíamos asumido riesgos absurdos. En definitiva, que nunca deberíamos habernos metido en el follón en que nos metimos y que, ya irremediablemente metidos, tendríamos que haber regresado *ipso facto*...

Siguió así durante un buen rato pero sin llegar a subir el tono, porque tampoco le hacía falta.

Había entrado a cuatro palmos del suelo y para cuando terminó no me sentía más grande que un ratón (y uno lisiado y jorobado, lo más bajo de lo más bajo).

Cuando terminó el silencio era tan espeso que se

podría haber llenado con él un mar entero y habría sobrado para varios lagos grandes y algún que otro mar interior. Nos escrutó uno por uno sin mediar palabra. Tuvimos que concentrarnos bastante para no mirarlo ni intercambiar miradas.

—Con todo —añadió por fin—, creo que los seis como equipo tenéis potencial. Bien hecho. Retiraos.

Y salimos de allí en tropel sin mirarnos a los ojos.

Nos paramos en medio de la explanada en un corrillo. El sol estaba a la mitad del cielo y soplaba una brisa fresca por toda Ciudad Base. La cúpula en perpetua travesía navegaba a la deriva sobre una selva frondosa que daba la impresión de extenderse durante muchas leguas. Al pasar por encima de un claro vimos un animal, una especie de rinoceronte con sobrepeso y dos cuernos a cada lado, que se nos quedó mirando.

Creo que estábamos conmocionados.

235

Tono giraba plácidamente en el aire a unos diez metros de nuestras cabezas. Al vernos bajó hasta quedarse poco por encima de mi hombro derecho.

Alguien tenía que decir algo pero nadie quería ser el primero.

Por fin Josef sacudió la cabeza y preguntó:

—¿Qué ha pasado ahí dentro?

Jai esbozó de repente una gran sonrisa de dientes perfectos.

—Ha dicho que somos un equipo.

Tras una pausa, Jakon añadió orgullosa:

—Y ha dicho que tenemos potencial.

—Y me ha dejado quedarme con Tono —añadí.

—Entonces somos siete en el equipo —comentó pensativa Jo, al tiempo que extendía las alas al sol de la mañana—, no seis. Y ha dicho «bien hecho», ¿no? El Abuelo nos ha dicho «bien hecho» a nosotros...

—¿Lo estás oyendo? —le pregunté a Tono—. Tú también formas parte del equipo.

Tono se onduló lentamente desplegando por su superficie de pompa de jabón naranjas y carmesíes de satisfacción. No tenía ni idea de si entendía lo que estaba pasando pero me daba la impresión de que sí.

—Yo sigo pensando que les hemos dado para el pelo —insistió J/O—. Y, en cualquier caso, tenemos potencial, así que ¿quién necesita medallas? Yo prefiero veinte veces tener potencial que medallas.

—¿Quedará algo de desayuno? —cambió de tema Josef—. Me muero de hambre.

Todos menos Tono teníamos un hambre feroz, así que nos fuimos corriendo a desayunar.

Casi habíamos terminado de comer cuando se disparó el timbre de la alarma. Corrimos a la pantalla de información que había al fondo del comedor y vimos cómo cambiaban las imágenes y se formaban nuevas.

—Hay un equipo en apuros —informó Josef—. Un ataque de Lo Binario contra una coalición de Mondolinde. Se trata de Jerzy y J'r'ohoho.

La voz del Abuelo resonó por un altavoz:

—Joey Harker, reúna a su equipo para entrar en acción inmediatamente.

Miré a mi alrededor y vi que estaban todos tan preparados como yo.

El equilibrio ha de prevalecer.

Me concentré… y el Entremedias floreció ante nuestros ojos.

Caminamos.

Postfacio

$\mathcal{M}$ichael y Neil hablaron por primera vez de *Inter-Mundo* en torno a 1995, cuando el primero estaba haciendo una serie de animación para DreamWorks y Neil trabajaba en Londres en la ficción para televisión *Neverwhere*. Pensamos que podríamos convertirla en una aventura televisiva divertida y, así, conforme la década fue avanzando, fuimos contándoles nuestra idea a distintas personas, explicándoles cómo sería una organización compuesta por decenas de Jo/e/y Harkers que intentaría mantener el equilibrio entre magia y ciencia a través de un número infinito de realidades posibles. Todos sin falta pusieron los ojos en blanco: decidimos que había ideas que se le pueden contar a la gente de la televisión e ideas que no. Cuando la década tocó a su fin, a uno de nosotros se nos ocurrió otra idea: ¿por qué no escribir una novela? Si contábamos la historia con sencillez, incluso un ejecutivo de televisión podría entenderla. Así fue como un día que nevaba Michael viajó a la parte del mundo donde habita Neil, pertrechado con su portátil, y en lo más crudo del invierno escribimos el libro.

Pronto supimos que los ejecutivos de televisión

tampoco leen libros, de modo que suspiramos resignados y seguimos con nuestras vidas.

InterMundo permaneció en las tinieblas varios años pero cuando, no hace mucho, se la enseñamos a gente, esa misma gente se la enseñó a otra que podía estar interesada. La sacamos pues de las tinieblas, la pulimos y ahora esperamos que disfruten con ella.

NEIL GAIMAN Y MICHAEL REAVES
2007

238

Este libro utiliza el tipo Aldus, que toma su nombre
del vanguardista impresor del Renacimiento
italiano Aldus Manutius. Hermann Zapf
diseñó el tipo Aldus para la imprenta
Stempel en 1954, como una réplica
más ligera y elegante del
popular tipo
Palatino

* * *
* *
*

InterWorld
se acabó de imprimir
en un día de primavera de 2012,
en los talleres gráficos de Egedsa,
Roís de Corella 12-16, nave 1
Sabadell (Barcelona)

* * *
* *
*